LEÇONS DE PIANO ET PIÈGES MORTELS

Biographie

R. L. Stine est né en 1943 à Colombus aux États-Unis. À ses débuts, il écrit des livres interactifs et des livres d'humour. Puis il devient l'auteur préféré des adolescents avec ses livres à suspense. Il reçoit plus de 400 lettres par semaine ! Il faut dire que, pour les distraire, il n'hésite pas à écrire des histoires plus fantastiques les unes que les autres. R. L. Stine habite New York avec son épouse Jane et leur fils Matt.

Avis aux lecteurs

Vous êtes nombreux à écrire à l'auteur de la série Chair de poule et nous vous en remercions. Pour être sûrs que votre courrier arrive, adressez votre correspondance à :

Bayard Éditions Jeunesse
Série Chair de poule
3, rue Bayard
75008 Paris.

Nous la transmettrons à R. L. Stine.

Chair de poule®

LEÇONS DE PIANO ET PIÈGES MORTELS

R.L. STINE

TRADUIT DE L'AMÉRICAIN
PAR NATHALIE TCHARNETSKY

DIXIÈME ÉDITION
BAYARD JEUNESSE

Titre original
GOOSEBUMPS n° 13
Piano Lessons can be Murder

La série Chair de poule a été créée par Parachute Press Inc. et publiée
avec l'autorisation de Scholastic Inc.,
557 Broadway, New York, NY 10012, USA.

Loi n° 49-956 du 16 juillet 1949
sur les publications destinées à la jeunesse
Dépôt légal janvier 2001

ISBN 13 : 978 2 7470 0247 9

Avertissement !

Que tu aimes déjà les livres ou que tu les découvres,
si tu as envie d'avoir peur, **Chair de poule** est pour toi.

Attention, lecteur !
Tu vas pénétrer dans un monde étrange
où le mystère et l'angoisse te donnent rendez-vous
pour te faire frissonner de peur... et de plaisir !

1

Je pensais détester déménager. Mais en fait, cela me plut beaucoup.
J'en profitai pour jouer des tours à mes parents. Pendant qu'ils indiquaient aux déménageurs où déposer les caisses, je partis explorer les lieux. À côté de la salle à manger, je découvris une vaste et belle pièce. Le soleil y entrait par de grandes fenêtres sur cour et lui donnait un air gai par rapport au reste de cette vieille demeure lugubre.
Ce serait certainement notre salle de séjour. Vous savez : l'endroit où l'on trouve le téléviseur, la chaîne hi-fi, et parfois une table de jeu. Mais pour l'instant, elle était complètement vide. Il y avait seulement deux petites boules de poussière grise, dans un coin, qui me donnèrent subitement une idée.
Riant sous cape, je me penchai et commençai à les modeler. Puis je me mis à crier, comme pris de panique :
– Des souris ! Au secours ! Des souris !

Maman et papa entrèrent en trombe dans la pièce. Ils se figèrent en apercevant les deux petites boules de poussière. Tout en m'efforçant de ne pas rire, je continuai de hurler :
– Des souris ! Des souris !
Maman demeurait dans l'embrasure de la porte, la bouche grande ouverte.
Comme papa panique toujours plus que maman, il s'empara d'un balai près de lui, traversa la pièce en un éclair et se mit à frapper les pauvres petites « souris ».
À ce moment-là, j'éclatai de rire.
Papa détailla le tas de poussière et s'aperçut finalement de la supercherie. Il devint rouge comme une tomate et, derrière ses lunettes, ses yeux semblaient jaillir de leur orbite.
– Très drôle, Jérôme, soupira maman. On apprécie beaucoup que tu nous fasses des peurs pareilles alors qu'on s'épuise dans ce déménagement ! Heureusement que tu es là !
Papa marmonna, en grattant sa calvitie naissante :
– On dirait vraiment des souris.
Il n'était pas en colère : il avait l'habitude de mes plaisanteries. Maman aussi.
– Pourquoi tu ne te conduis pas comme un garçon de ton âge ? me demanda-t-elle en hochant la tête.
– Mais c'est ce que je fais !
Franchement, si à douze ans on ne peut pas s'amuser et faire des blagues à ses parents, quand est-ce qu'on peut le faire ?

– Ne joue pas au plus malin ! me lança papa avec un regard sévère. Ce n'est pas le travail qui manque. Tu ferais mieux de nous aider !
Il me tendit le balai.
Je me croisai les bras tout en reculant.
– Attention ! criai-je. Tu sais bien que je suis allergique !
– Allergique à la poussière ? demanda-t-il étonné.
– Non ! Allergique au travail !
Je m'attendais à ce qu'ils rient, mais ils quittèrent la pièce en ronchonnant. Du couloir maman m'ordonna :
– Occupe-toi plutôt de Bonker ! Empêche-la d'aller dans les jambes des déménageurs.
– D'accord, j'y vais ! soupirai-je.
Bonker est notre chatte et elle est particulièrement désobéissante. Le moins que je puisse dire est que je ne la porte pas dans mon cœur. En fait, je l'évite le plus souvent possible.
Personne n'a jamais expliqué à cette stupide chatte qu'elle est censée être domestiquée. J'ai plutôt l'impression qu'elle se prend pour un tigre sauvage mangeur d'hommes. Ce qu'elle préfère, c'est grimper sur le dossier d'une chaise ou sur le haut d'une étagère, puis sauter toutes griffes dehors sur mes épaules. Impossible de compter tous mes beaux T-shirts qu'elle a mis en pièces, ni les litres de sang que j'ai perdus à cause d'elle.
Cette chatte est méchante, et même carrément vicieuse.

Elle est noire avec une tache blanche sur la tête. Papa et maman la trouvent magnifique. Ils passent leur temps à la cajoler et à lui dire qu'elle est adorable. Et même si Bonker persiste à les griffer, ils n'en démordent pas.
Quand nous avons déménagé dans cette nouvelle maison, j'espérais que Bonker n'y viendrait pas. Mais pas question ! Maman a même veillé à ce que la chatte monte la première dans la voiture, juste à côté de moi. Et bien entendu, cette stupide bestiole a vomi sur la banquette arrière.
Qui peut imaginer une chatte ayant le mal des transports ? Je suis certain, moi, qu'elle l'a fait exprès. Bref, je décidai de ne pas obéir à ma mère. Je préférai me glisser dans la cuisine, pour ouvrir la porte dans l'espoir que Bonker s'échappe et se perde à jamais.
Puis je continuai mon exploration.
Notre ancienne maison était minuscule, mais neuve. Celle-ci était vieille. Les planchers craquaient, les fenêtres grinçaient. On aurait dit que la maison gémissait quand on la traversait.
Mais elle était vraiment grande. Je découvris un tas de petites pièces et de grands cagibis. Un des W.-C. était aussi grand que mon ancienne chambre !
Ma nouvelle chambre, elle, se trouvait au bout du couloir du premier étage qui comprend aussi trois autres chambres et une salle de bains. Je me demandais bien ce que maman et papa avaient l'intention de faire avec toutes ces pièces.

Je comptais leur suggérer de transformer l'une d'elles en pièce « Nintendo » avec un écran géant. Ça, c'était une super idée.
Tous ces projets me mirent du baume au cœur et j'en avais bien besoin : ce n'est pas drôle d'emménager dans une ville étrangère.

Je n'ai pas l'habitude de pleurer pour un oui ou pour un non, mais j'avoue que j'ai bien failli le faire quand nous sommes partis de Cèdreville. Surtout au moment de quitter mes amis. Particulièrement Jean. Jean est un gars super. Papa et maman ne l'apprécient pas trop, car il est bruyant et mal élevé : il adore roter à tout bout de champ. Mais c'est mon meilleur ami.
Enfin, *c'était* mon meilleur ami, car je n'en avais pas encore à New-Goshen.
Gentiment, maman m'avait promis que Jean pourrait venir passer quelques semaines cet été, pendant les vacances.
Je poursuivis mon exploration.
Je me voyais déjà transformer l'une des pièces en gymnase et y ranger tous ces appareils ultra-perfectionnés que l'on voit à la télé.
Comme les déménageurs transportaient des meubles dans ma chambre, je ne pus y entrer. J'ouvris donc une autre porte, que je pensais être celle d'un placard.
À ma grande surprise, je découvris un escalier en bois. Je supposai qu'il devait mener au grenier.

Un grenier ! Je n'en avais jamais eu.

« Il est sûrement rempli de vieux objets ! me mis-je à rêver, tout en grimpant. Les anciens propriétaires ont peut-être même laissé des piles de vieilles revues qui valent aujourd'hui des millions ! »

J'étais là, au milieu de l'escalier, quand j'entendis la voix de mon père, derrière moi.

– Où vas-tu, Jérôme ?

– En haut ! répondis-je. (Ça me semblait évident, non ?)

– Tu ne devrais pas y aller tout seul ! m'avertit-il.

– Pourquoi ? Il y a des fantômes ?

J'entendis ses pas dans l'escalier. Visiblement, il avait décidé de me suivre.

– Il fait chaud ici ! marmonna-t-il en rajustant ses lunettes sur son nez. On étouffe.

En haut des marches, il tira une chaînette qui pendait du plafond et une lumière blafarde nous éclaira.

J'examinai les lieux.

Nous étions dans une pièce longue et étroite dont le plafond s'inclinait de chaque côté.

De part et d'autre, des petites fenêtres rondes et couvertes de poussière ne laissaient passer que peu de lumière.

– Oh ! C'est vide ! murmurai-je, déçu.

– On pourra y ranger un tas de bricoles ! apprécia mon père.

– Tiens, qu'est-ce que c'est ?

Je venais d'apercevoir une masse sombre dans un coin de la pièce, le long du mur. Je m'en approchai le

cœur battant d'excitation. Une épaisse couverture recouvrait ce que j'espérais être un coffre aux trésors. (Je sais : je ne manque pas d'imagination !)
Papa me rejoignit au moment où j'attrapai la couverture et la tirai d'un coup sec.
Incroyable ! Un piano tout neuf et brillant !
– Waou ! s'exclama papa en se grattant la tête. Comment se fait-il qu'ils aient abandonné ça ?
Je haussai les épaules.
– Il a l'air tout neuf, dis-je en frappant quelques touches du doigt. Et le son est bon.
Papa se mit à pianoter à son tour.
– C'est vraiment un bel instrument ! Je me demande pourquoi il est caché dans ce grenier.
– C'est un mystère, approuvai-je.
Je ne pensais pas si bien dire.

Ce soir-là, je n'arrivais pas à dormir. Pourtant, j'étais dans mon bon vieux lit, mais il n'était pas orienté de la même façon. Et une lumière, provenant du porche de nos voisins, filtrait à travers les volets. Sans parler des ombres qui rampaient le long du plafond.
« Je n'arriverai jamais à dormir ici, me dis-je. Tout est trop différent, trop grand, trop bizarre. »
Je restais là, les yeux grands ouverts, observant les ombres étranges. Petit à petit, le sommeil s'emparait de moi lorsque, soudain, j'entendis une musique.
Du piano.
Au début, je crus qu'elle venait de l'extérieur. Mais je réalisai vite qu'elle résonnait au-dessus de ma tête.

La musique provenait du grenier !

D'un coup, je me redressai et écoutai. Pas de doute.

La musique provenait de là-haut. Je repoussai les couvertures et posai lentement mes pieds sur le plancher.

« Qui peut bien jouer du piano dans le grenier, au beau milieu de la nuit ? me demandai-je. Ça ne peut pas être papa : il ne sait pas jouer. Quant à maman, à part *Au clair de la lune...* »

Je me levai et tendis l'oreille. La musique continuait, très douce, mais je l'entendais clairement.

Je m'avançai vers la porte, mais me cognai les orteils contre un carton qui n'avait pas été rangé.

– Ouille ! criai-je en sautillant jusqu'à ce que la douleur s'atténue.

Heureusement, maman et papa ne pouvaient pas m'entendre. Leur chambre est au rez-de-chaussée.

Lentement, prudemment, je sortis de ma chambre et m'avançai dans le couloir. Les lattes du plancher craquaient sous mes pieds.

Je poussai la porte de l'escalier menant au grenier et levai la tête dans l'obscurité.

La musique flottait jusqu'en bas. Une musique triste, lente et très douce.

– Qui... qui est là-haut ? lançai-je.

2

La musique mélancolique continuait à résonner, emplissant la cage d'escalier et planant dans les ténèbres.

– Qui est là ? répétai-je d'une voix tremblante.

Pas de réponse. Je m'avançai dans l'obscurité.

– Maman, c'est toi ? Papa ?

Toujours pas de réponse. Seulement la musique, si lente, si triste.

Avant d'avoir réalisé ce que je faisais, je montai l'escalier dont les marches gémissaient sous mes pieds nus.

Là-haut, l'air me parut chaud et lourd. La musique m'enveloppait comme si les notes arrivaient de toute part.

– Qui est là ? lançai-je d'une voix haut perchée.

J'avoue que je n'en menais pas large.

Quelque chose m'effleura le visage, et je faillis sauter au plafond. Il me fallut un bon moment pour réaliser qu'il ne s'agissait que de la chaînette.

Je la tirai. Une pâle lumière jaunâtre se répandit.
Aussitôt, la musique s'arrêta.
Je tournai vivement la tête vers le piano.
Personne.
Je m'approchai, incapable de détourner les yeux du clavier.
Je ne savais plus très bien ce que je désirais voir. Tout ce que je savais, c'était qu'il y avait bien quelqu'un, puisque la musique avait cessé au moment même où j'avais allumé.
Mais où était-il passé ?
Je me penchai pour regarder sous le piano. Je sais, c'était idiot, mais j'étais incapable de penser clairement. Mon cœur battait à toute allure et des tas d'idées stupides me traversaient l'esprit.
Puis je me relevai et détaillai le clavier. Peut-être était-ce un de ces vieux pianos mécaniques qui jouent tout seuls ?
Mais non ! Il n'avait rien de spécial. C'était un piano on ne peut plus ordinaire.
Je m'assis sur le banc et sursautai aussitôt : il était tiède, comme si quelqu'un venait de s'y asseoir !
Je me soulevai et passai ma main dessus : pas de doute, il était vraiment tiède.
J'essayai de me calmer en me disant que tout le grenier était très chaud, bien plus chaud que le reste de la maison.
Je me rassis, attendant que les battements de mon cœur se calment.
« Qu'est-ce qui se passe ici ? » me demandai-je en

me tournant vers le piano. Le bois noir était si brillant que je pouvais voir mon reflet comme dans un miroir. Et la tête qui me dévisageait était celle d'un garçon passablement effrayé.
Je baissai les yeux sur les touches et appuyai sur trois d'entre elles.
Quelqu'un venait de jouer, quelques minutes avant moi, je le savais. Mais comment avait-il fait pour disparaître aussi vite ? Sans que je le voie ?
J'enfonçai une touche, puis une autre, laissant le son se répercuter dans la grande pièce vide.
C'est alors que j'entendis un craquement qui venait du bas de l'escalier.
Je me figeai, la main immobile sur le clavier.
Un autre craquement. Encore un pas.
Je me levai, surpris que mes jambes soient si molles.
Je tendis l'oreille, osant à peine respirer.
Encore un pas. Lourd.
Il y avait quelqu'un dans l'escalier... quelqu'un qui montait au grenier.
Quelqu'un qui venait pour moi !

3

Craaak ! Craaak !

Les marches grinçaient sinistrement sous les pas qui montaient.

Ma gorge était nouée au point de me faire suffoquer.

Paralysé devant le piano, je cherchai des yeux un endroit où me cacher, mais il n'y en avait pas.

Craaak ! Craaak !

Et au moment où j'allais mourir de peur, un crâne dégarni pointa en haut des marches.

– Papa !

– Jérôme ! Qu'est-ce que tu fais là, pour l'amour du ciel ?

Il s'avança dans la lumière jaune. Son pyjama était mal boutonné et le pantalon était retroussé sur l'une de ses jambes.

– Papa... Je... je croyais...

J'avais l'air idiot, mais j'étais réellement terrorisé !

– Est-ce que tu sais quelle heure il est ? me

demanda-t-il, en regardant son poignet où il n'y avait pas de montre. Il est plus de minuit !
– Je sais, Papa. Mais j'ai entendu le piano et j'ai...
– Tu as entendu quoi ? rugit-il, les yeux exorbités.
– Le piano ! répétai-je. Je l'ai entendu et j'ai...
– Jérôme ! explosa mon père, le visage rouge de colère. Il est un peu tard pour tes farces débiles !
– Mais, Papa...
– Ta mère et moi, on s'est tués à tout déballer et à tout installer dans la journée, continua mon père sans m'écouter. On est tous les deux épuisés, et demain je dois me lever tôt ! Alors je ne suis pas d'humeur à apprécier tes petites blagues ! J'ai besoin de dormir !
– Je m'excuse, Papa !
Je savais qu'il n'y avait pas moyen de lui faire croire à ce qui s'était réellement passé.
– Allez, viens te recoucher ! me dit-il en me mettant sa main sur l'épaule. Tu as besoin de sommeil, toi aussi !
Je jetai un dernier regard au piano qui luisait faiblement. On aurait dit qu'il respirait. Je l'imaginais se lançant à notre poursuite dans l'escalier. Je devais être épuisé pour avoir des idées pareilles !
– Tu aimerais apprendre à en jouer ? me demanda soudain papa.
– Hein ?
– Est-ce que ça te plairait de prendre des leçons de piano ? On pourrait le faire descendre dans le salon. Il y a toute la place qu'il faut !
– Ben... oui... Peut-être ! Ce serait amusant !

Il enleva sa main de mon épaule et arrangea son pyjama.
– Je vais en parler à ta mère. Je suis sûr qu'elle sera d'accord. Elle a toujours souhaité avoir un musicien dans la famille. Tu veux bien éteindre ?
Je tirai la chaînette et l'obscurité nous entoura.
Je restai près de mon père pendant que nous descendions tous les deux l'escalier grinçant.
De retour dans mon lit, je tirai les couvertures jusqu'au menton. Il faisait un peu froid dans ma chambre. Dehors, le vent soufflait fort et les volets semblaient frissonner.
« Ce serait super, des leçons de piano ! me disais-je. À condition qu'on me laisse jouer des airs de rock et non pas ces airs classiques ennuyeux ! Et après quelques cours, je pourrais peut-être m'acheter un synthétiseur avec deux ou trois claviers reliés à un ordinateur ! Et ensuite, je deviendrais compositeur ; je formerais un super-groupe, j'aurais un immense succès... Ça, ce serait génial ! »
Je fermai les yeux, la tête pleine de rêves fous.
La fenêtre grinçait toujours. J'avais toujours cette impression que la maison entière gémissait. J'essayais de ne pas y faire attention.
« Je finirai par m'habituer à tous ces bruits ! Après quelques nuits, je ne les remarquerai même plus ! »
Je commençais juste à m'endormir lorsque j'entendis de nouveau la musique triste du piano.

4

Ce lundi matin, je me levai tôt. Mon réveil en forme de ballon était encore emballé, mais je savais qu'il était tôt grâce à la faible lumière grise qui pénétrait dans ma chambre.
Je m'habillai rapidement d'un jean propre et d'un large chandail vert.
C'était mon premier jour dans ma nouvelle école, et j'étais plutôt nerveux. Je passai plus de temps à me coiffer que d'habitude. Mes cheveux bruns sont épais et il me faut un temps fou pour arriver à les aplatir comme il faut.
Lorsque je fus enfin prêt, je traversai le couloir pour descendre. La maison était sombre et silencieuse.
Je m'arrêtai devant la porte du grenier. Elle était grande ouverte. Ne l'avais-je pas refermée en descendant avec mon père ? Si ! Je me rappelais parfaitement l'avoir tirée.
Je sentis mes cheveux se dresser sur ma tête. Douce-

ment, je refermai la porte qui émit un grincement.
« Calme-toi, mon vieux, me dis-je. Les gonds doivent être faussés : elle s'ouvre toute seule. C'est une vieille maison : ne l'oublie pas ! »
Je resongeai à la musique.
« Là aussi, c'est probablement le vent qui joue dans les cordes du piano ! Il y a peut-être un trou dans une des fenêtres, et quand le vent souffle, on dirait que quelqu'un joue ! »
Je me persuadai que je tenais la bonne explication : je n'en voulais pas d'autre.
Je vérifiai que la porte était bien bloquée et descendis dans la cuisine.
Papa et maman étaient encore dans leur chambre ; je les entendais discuter.
La cuisine était sombre et glacée. Je voulus augmenter le chauffage, mais ne trouvai pas le thermostat. Un joli désordre m'entourait. Des cartons remplis de vaisselle traînaient le long des murs.
J'entendis quelqu'un approcher. Aussitôt, une grande boîte vide près du réfrigérateur me donna une idée. Je sautai à l'intérieur et refermai les pans sur ma tête.
Je retins ma respiration et attendis.
Les pas se rapprochaient. Impossible de savoir s'il s'agissait de mon père ou de ma mère. Je me mordis les joues pour ne pas éclater de rire.
Les pas se dirigèrent vers l'évier et l'eau se mit à couler. Quelqu'un remplissait la bouilloire.
Je ne pouvais plus attendre.

– HOU ! criai-je en sortant de ma boîte comme un diable.
Papa hoqueta de frayeur et laissa tomber la bouilloire qui atterrit sur ses pieds avant de se renverser. L'eau forma une grande flaque au milieu de laquelle mon père jurait en se tenant les orteils.
J'éclatai de rire. Si vous aviez pu voir sa tête ! Je crus un moment qu'il allait s'évanouir.
Maman arriva en courant, tout en finissant de boutonner son chemisier.
– Qu'est-ce qui se passe encore ? s'écria-t-elle.
– C'est encore Jérôme et ses stupides farces ! grommela papa.
– Jérôme ! lança ma mère en apercevant le sol inondé. Tu ne peux pas nous laisser tranquilles ?
– Je voulais juste vous aider à vous réveiller ! m'excusai-je en souriant.
Je savais qu'ils étaient habitués à mon sens de l'humour.

La nuit suivante, j'entendis encore la musique.
Cette fois, j'étais sûr que ce n'était pas le vent, car je reconnaissais la même mélodie que la veille.
Je tendis l'oreille quelques instants ; ça venait bien du grenier.
« Mais qui est là-haut ? Qui peut bien jouer sur ce fichu piano ? »
J'eus envie de sortir de mon lit pour retourner voir, mais il faisait si froid et j'étais si fatigué par ma première journée d'école que je tirai les couvertures

par-dessus ma tête pour ne plus rien entendre et je m'endormis aussitôt.

– Est-ce que tu as entendu de la musique la nuit dernière ? demandai-je à maman le lendemain.
– Mange tes céréales ! me répondit-elle en m'en servant un bol entier.
– Mais pourquoi est-ce que je suis obligé de manger ça ? grognai-je en tournant ma cuillère avec dégoût.
– Tu connais le règlement : céréales deux fois par semaine !
– Règlement débile ! marmonnai-je.
– S'il te plaît, Jérôme, ne commence pas ! J'ai une de ces migraines ce matin !
– À cause du piano ?
Maman me dévisagea, irritée.
– Quel piano ? Pourquoi est-ce que tu parles toujours de ça ?
– Tu ne l'as pas entendu ? Quelqu'un en jouait dans le grenier, la nuit dernière !
– Oh, Jérôme, arrête ! Pas de farces idiotes ce matin ! Je t'ai déjà dit que j'avais mal à la tête !
– Quelqu'un a parlé de piano, ici ? demanda papa en entrant dans la cuisine, le journal à la main. Les déménageurs viendront demain pour le redescendre dans le salon. Prépare tes doigts ! ajouta-t-il en me souriant.
– Tu es vraiment intéressé par des cours ? intervint maman en se versant une tasse de café. Tu vas vraiment t'entraîner sérieusement ?

– Bien sûr, répondis-je. Enfin, peut-être...

Les déménageurs étaient là lorsque je revins de l'école. Je montai au grenier pour les observer pendant que, dans le salon, maman dégageait une place. Les deux hommes utilisèrent des courroies et une espèce de chariot. Ils inclinèrent d'abord le piano sur le côté puis le hissèrent sur celui-ci. Descendre les deux escaliers n'était pas une mince affaire. Malgré toutes leurs précautions, le piano heurta le mur à plusieurs reprises.

Lorsqu'ils arrivèrent enfin au rez-de-chaussée, les déménageurs étaient rouges et en sueur. Je les suivis jusqu'au salon.

Là, ils eurent du mal à remettre le piano debout.

Lorsqu'ils le soulevèrent pour le poser contre le mur, maman poussa un cri strident.

5

– Le chat ! Le chat ! hurla maman, pétrifiée.

Parce que, bien sûr, Bonker se tenait juste à l'endroit où ils s'apprêtaient à poser le piano. Celui-ci tomba lourdement sur le sol, mais Bonker se sauva juste à temps.

« Dommage ! pensai-je. Cette crétine de chatte aurait eu ce qu'elle méritait. »

Les hommes s'excusèrent tout en s'essuyant le front et en reprenant leur souffle. Maman courut prendre Bonker dans ses bras.

– Ma pauvre petite puce !

Bien entendu, la chatte lui griffa le bras et tira des fils de son chandail. Maman la laissa tomber par terre et la sinistre créature se sauva aussitôt.

– Elle est toute bouleversée par le déménagement, expliqua-t-elle aux deux hommes.

– Tu parles ! Elle est toujours toute bouleversée comme ça ! précisai-je.

Quelques minutes plus tard, les déménageurs par-

tirent. Maman s'enferma dans sa chambre pour repriser son chandail. Je restai seul dans le salon avec le piano. Je m'assis sur le banc et le caressai de la main : il était parfaitement ciré.
Je mijotais un plan qui me servirait lorsque je devrais jouer devant mes parents. Je m'étalerais plusieurs fois, en leur faisant croire qu'il est impossible de rester assis dessus tant il est glissant.
Je m'entraînai à tomber pendant un moment et m'amusai comme un fou.
Me casser la figure est un de mes passe-temps favoris. C'est beaucoup moins facile qu'il n'y paraît.
Au bout de quelques minutes, je finis par me lasser et m'assis tranquillement devant le clavier. J'essayai de retrouver un air en frappant les touches au hasard jusqu'à ce que je retrouve les bonnes notes.
J'avais hâte d'apprendre à jouer. Je pensais que ce serait amusant.
J'avais tort.
Terriblement tort.

Le samedi après-midi, je regardais par la fenêtre du salon : c'était une journée grise, venteuse. On aurait dit qu'il allait neiger.
J'aperçus le professeur de piano qui remontait l'allée de la maison. Il était ponctuel : deux heures pile.
Pressant mon visage contre la vitre, je remarquai qu'il était corpulent, presque gros. Il portait un long et large manteau rouge et avait les cheveux blancs en bataille. De loin, il ressemblait à un Père Noël. Sa

démarche était raide, comme si ses genoux étaient malades.
« De l'arthrite ou quelque chose dans ce genre », supposai-je.
Papa l'avait trouvé grâce à une petite annonce publiée dans le journal local.

ÉCOLE DE PIANO A. KORD
Méthode révolutionnaire

Comme c'était la seule annonce du genre, papa l'appela. Et maintenant, maman et lui accueillaient le professeur à la porte et le débarrassaient de son manteau.
– Jérôme ! appela papa. Viens dire bonjour à monsieur Kord.
J'accourus.
– Bonjour, Jérôme ! me salua celui-ci.
Il ressemblait vraiment au Père Noël, mis à part qu'il avait une moustache au lieu d'une barbe. Ses joues étaient rouges et rebondies et son regard pétilla lorsqu'il me fit un chaleureux sourire.
Je m'avançai vers lui et lui serrai la main : elle était rouge et avait la consistance d'une éponge.
– Je suis heureux de vous rencontrer, monsieur, dis-je poliment.
Papa et maman échangèrent un sourire. Ils n'en revenaient pas chaque fois que je me montrais poli.
Monsieur Kord posa sa main spongieuse sur mon épaule.

– Je sais que j'ai un drôle de nom, gloussa-t-il. Je devrais peut-être en changer, mais avoue qu'il attire l'attention.

Tout le monde se mit à rire. Puis monsieur Kord redevint sérieux.

– As-tu déjà joué d'un instrument auparavant ?

– Eh bien, j'ai déjà un mirliton !

On éclata de rire à nouveau.

– Le piano est un peu plus difficile que le mirliton ! s'exclama monsieur Kord. Montre-moi l'instrument.

Je le conduisis dans le salon. Il marchait avec une certaine raideur, mais cela ne semblait pas le gêner. Maman et papa s'excusèrent et montèrent au premier pour vider quelques cartons.

Monsieur Kord examina le clavier. Puis il souleva le panneau avant et détailla les cordes.

– Très bel instrument, murmura-t-il. Vraiment très beau !

– On l'a trouvé ici, lui dis-je.

Sa bouche forma un « O » de surprise.

– Vous l'avez trouvé ?

– Oui, dans le grenier.

– Comme c'est étrange ! remarqua-t-il en se frottant le menton. T'es-tu déjà demandé qui avait joué de ce piano avant toi ? Quels doigts avaient parcouru ces touches ?

– Ben...

Je ne savais vraiment pas quoi répondre.

Il me poussa ensuite vers le banc. Un instant, j'eus envie de lui jouer ma petite comédie et de m'étaler par terre, mais je décidai d'attendre de le connaître un peu mieux. Il avait l'air d'aimer la plaisanterie, mais je ne voulais pas qu'il pense que je n'étais pas un élève sérieux.

Il s'assit à côté de moi. Il était tellement gros qu'il y avait à peine de la place pour nous deux.

– Vous allez me donner mes leçons à la maison ? demandai-je en le poussant discrètement.

– D'abord quelques-unes à la maison, répondit-il, puis, si tu as du talent, tu viendras étudier dans mon école.

Soudain, il m'attrapa les mains.

– Laisse-moi voir, dit-il en les approchant de son visage.

Il les tourna et en examina les deux faces. Puis il regarda attentivement mes doigts.

– Magnifique ! s'exclama-t-il.

Je regardai mes mains avec étonnement : pour moi, elles n'avaient rien de spécial.

– D'excellentes mains, répéta monsieur Kord.

Il les plaça soigneusement sur les touches et me montra les bonnes positions pour jouer les notes.

– Nous commencerons la semaine prochaine, m'annonça-t-il ensuite en se levant. Je voulais juste faire ta connaissance aujourd'hui.

Il fouilla dans le sac qu'il avait déposé contre le mur et en tira un cahier qu'il me tendit. Cela s'appelait *Cours pour débutants*.

– Jette donc un coup d'œil là-dessus. Et essaie d'apprendre les notes des pages deux et trois.

Il alla ensuite chercher son manteau que papa avait posé sur le dossier d'un fauteuil.
– À samedi prochain ! lança-t-il.
J'étais un peu déçu que la leçon ait été si courte. J'avais espéré apprendre un air de rock le jour même.
Il enfila son manteau, puis revint vers moi.
– Jérôme, je pense que tu seras un élève talentueux, me dit-il avec un sourire.
Je murmurai un remerciement tout en étant surpris de voir ses yeux de nouveau fixés sur mes mains.
– Vraiment excellentes ! murmura-t-il.
Je sentis soudain un frisson parcourir mon dos. Sans doute à cause de l'étrange expression affamée sur son visage.
« Qu'est-ce qu'elles ont de si spécial, mes mains ? me demandai-je. Pourquoi les aime-t-il autant ? »
C'était étrange. Vraiment étrange.
Mais je ne savais pas encore à quel point.

6

Do, ré, mi, fa, sol, la, si, do.
J'effectuais les exercices des pages deux et trois. Ils montraient comment placer les doigts sur les touches. Je trouvai cela facile.
J'avais hâte de passer aux airs de rock. Vivement qu'ils arrivent !
Maman entra dans le salon.
– Monsieur Kord est déjà parti ? s'étonna-t-elle.
– Oui. Il a dit qu'il voulait juste me rencontrer. Il reviendra samedi prochain. Il a dit aussi que j'avais des super mains !
– Ah oui ? Alors si tu te servais de ces super mains pour nous aider au sous-sol à vider les boîtes ?
– Oh ! Noooon ! criai-je en faisant semblant de glisser et en tombant de mon banc.
Elle ne trouva pas ça drôle.

La nuit suivante, j'entendis de nouveau la musique. Je m'assis droit dans mon lit et prêtai l'oreille. Cette fois-ci, la musique venait d'en bas. Je me levai. Le plancher était froid sous mes pieds. Papa n'avait pas encore eu le temps d'installer de la moquette. La maison était silencieuse. Par la fenêtre, je pouvais voir tomber de petits flocons de neige.

« Quelqu'un joue sur mon piano ! Papa et maman doivent l'entendre, eux aussi ! pensai-je. Leur chambre est à l'autre bout, mais ils sont au rez-de-chaussée, tout de même. Ils *doivent* l'entendre ! »

J'avançai jusqu'à la porte. Je m'appuyai contre elle pour mieux écouter. C'était le même air que je chantonnais avant le dîner. Maman m'avait demandé ce que c'était, mais je ne me rappelais plus le titre.

La musique me parvenait si clairement que je pouvais en distinguer chaque note.

Mais qui la jouait ?

Il fallait que j'en aie le cœur net. Je sortis de ma chambre et traversai le couloir obscur à tâtons.

Il y avait bien une veilleuse en haut de l'escalier, mais j'oubliais à chaque fois de l'allumer.

J'arrivai en haut des marches. J'agrippai la rampe et descendis lentement, tentant de faire le moins de bruit possible. Il ne fallait surtout pas effrayer le pianiste.

Les marches de bois craquaient légèrement sous mon poids, mais la musique se poursuivit, triste et douce, presque lugubre.

Retenant mon souffle, j'arrivai en bas. Un lampadaire dans la rue projetait une tache de lumière sur le plancher. Soudain, je butai contre une caisse remplie de livres, laissée près de la table basse. Je me rattrapai de justesse au dossier d'un fauteuil.

La musique s'arrêta, puis reprit. Je m'appuyai contre le fauteuil, attendant que les battements de mon cœur se calment.

« Mais qu'est-ce que font mes parents ? me demandai-je, scrutant le couloir au bout duquel se trouvait leur chambre. Ils n'entendent rien ? Ils ne sont pas curieux de savoir qui joue ? »

Je pris une profonde inspiration et traversai la salle à manger. Il y faisait noir. Je me déplaçai prudemment afin de ne pas heurter les chaises et la table.

La porte du salon n'était qu'à quelques mètres de moi. La musique s'amplifia.

Je fis un pas, puis un autre. Je franchis le seuil du salon.

« Qui est-ce ? Mais qui est-ce ? »

Je tentais de percer l'obscurité.

Mais avant que je ne puisse distinguer quoi que ce soit, quelqu'un poussa un horrible cri derrière moi, me bouscula et me fit tomber.

7

Je me retrouvai à quatre pattes sur le plancher. Puis un second cri déchira mes tympans. Mon épaule me lançait.

Enfin, quelqu'un alluma.

– Bonker ? hurlai-je.

La chatte bondit de mes épaules et fila hors du salon.

– Jérôme... qu'est-ce que tu fais là ? me demanda maman en entrant.

Papa arriva à son tour.

– C'est quoi, tout ce boucan ? grogna-t-il en plissant les yeux.

– Bonker m'a attaqué ! criai-je, toujours étendu sur le plancher. Aïe, mon épaule ! Elle est débile, cette chatte !

– Mais enfin, Jérôme..., commença ma mère en m'aidant à me relever.

– Il n'y a pas de mais ! Elle m'a presque fait mourir de peur ! Et regarde mon pyjama !

Les griffes de la sale bête avaient traversé le tissu.

– Tu es blessé ? Est-ce que tu saignes ? s'inquiéta ma mère en examinant les griffures.
– Il faut vraiment faire quelque chose au sujet de cette chatte, murmura papa. Jérôme a raison. C'est une vraie menace !
Maman vola aussitôt à la défense de Bonker.
– Elle était effrayée, voilà tout ! Elle a probablement pensé que Jérôme était un voleur !
– Un voleur ? m'exclamai-je d'une voix si aiguë que seuls les chiens avaient dû l'entendre. Comment a-t-elle pu croire que j'étais un voleur ? Les chats sont censés voir dans le noir, non ?
– Et toi ? Qu'est-ce que tu faisais ici, en pleine nuit ? me demanda maman tout en me massant l'épaule. (Ce qui ne me faisait pas particulièrement de bien.)
– Oui, renchérit papa. Qu'est-ce qui te prend de rôder ainsi ?
– Je ne rôdais pas ! J'ai entendu le piano et...
– Tu as quoi ? m'interrompit maman.
– J'ai entendu de la musique. Dans le salon. Alors, je suis descendu voir qui jouait.
Mes parents me dévisagèrent comme si j'étais un Martien. Je bredouillai :
– Vous... vous n'avez rien entendu ?
Ils secouèrent la tête.
Je me tournai alors vers le piano. Il n'y avait personne. Évidemment.
Je me dirigeai vers le banc et posai la main dessus. Il était encore chaud.
– Il y avait quelqu'un assis ici, j'en suis sûr !

– Ce n'est vraiment pas drôle ! fit maman en haussant les épaules.
– Pas drôle du tout ! reprit papa. Tu es descendu pour préparer un de tes tours, n'est-ce pas ?
– Qui ? Moi ?
– Ne fais pas l'innocent, Jérôme. On te connaît !
– Je ne préparais rien du tout ! répliquai-je furieux. J'ai entendu jouer...
– Qui ? me coupa papa.
– Peut-être Bonker ? se moqua maman.
Papa se mit à rire. Pas moi. Je poussai un immense soupir de frustration. J'avais envie de crier, casser quelque chose et même les taper tous les deux.
– Le piano est hanté ! lâchai-je sans pouvoir retenir mes mots.
– Hein ? s'exclama papa.
Il me regarda intensément.
– Il *doit* être hanté ! Il joue tout seul !
Maman marmonna en hochant la tête :
– J'en ai assez entendu, je retourne me coucher !
Papa se frotta le menton. Il s'approcha de moi et pencha la tête en avant, comme il le fait lorsqu'il veut me dire quelque chose d'important.
– Écoute, Jérôme ! Je sais que cette maison est vieille et peut te sembler un peu effrayante. Et je sais que ça n'a pas été facile pour toi de déménager et de quitter tes amis.
– Papa, s'il te plaît..., tentai-je de l'interrompre.
– Mais ce n'est qu'une vieille maison, continua-t-il sans m'écouter. Vieille et défraîchie. Ça ne veut pas

dire pour autant qu'elle est hantée. Ces fantômes dont tu parles, ce ne sont que tes peurs, tes angoisses qui remontent.
J'ai oublié de vous dire que papa a une maîtrise de psychologie.
– Arrête ton cours, Papa ! lui lançai-je. Je vais me coucher.
– Très bien, Jérôme, dit-il en me serrant les épaules. Mais rappelle-toi bien : dans deux semaines, tu verras que j'avais raison. Ces histoires de fantômes te paraîtront stupides.
Il ne savait pas à quel point il se trompait.

Le long couloir de l'école retentissait de rires, de cris, d'appels et de claquements de portes. Les vendredis après-midi sont toujours plus bruyants. Les cours étaient finis, le week-end commençait. Je refermai la porte de mon casier et enfilai ma veste.
– Tiens ? Qu'est-ce que ça sent ? remarquai-je en faisant une grimace.
À côté de moi, une fille fouillait dans son casier en désordre. Elle s'écria tout à coup :
– Je me demandais aussi où était bien passée cette pomme !
Elle extirpa de son bazar une vieille pomme toute ridée dont l'odeur agressa mes narines. Je faillis en tomber à la renverse. Je dus faire une grimace amusante, car la fille se mit à rire.
– Tu as faim ? me demanda-t-elle en me mettant l'ignoble objet sous le nez.

– Non, merci ! répondis-je en repoussant sa main. Je suis trop jeune pour mourir !
Elle rit de nouveau. C'était une jolie fille avec de longs cheveux noirs et des yeux verts. Elle jeta la pomme dans une poubelle avant de me questionner.
– Tu es nouveau, n'est-ce pas ? Je m'appelle Kim. Kim Li Chin.
– Salut, dis-je en me présentant. On est dans la même classe en maths et en sciences, je crois ?
Elle se remit à fouiller dans son casier.
– Exact ! Je t'ai même vu tomber de ta chaise quand madame Klein t'a appelé.
– C'était juste pour rire, expliquai-je rapidement. Je ne suis pas tombé pour de vrai.
– Je m'en doute !
Elle enfila un gros pull rouge et se pencha pour retirer un étui à violon.
– C'est ton nouveau cartable ? lui demandai-je finement.
– Zut ! Je suis en retard pour mon cours ! répondit-elle en claquant la porte.
– Moi, je prends des cours de piano, continuai-je. Enfin, je viens juste de commencer.
– Tu sais, j'habite juste à côté de chez toi, dit-elle en ajustant son cartable sur ses épaules. Je vous ai vus emménager.
– Ah, oui ? m'exclamai-je, surpris. C'est super ! Tu pourras venir chez moi et on répétera ensemble. Je prends des cours tous les samedis avec monsieur Kord.

Sa bouche s'ouvrit démesurément pendant qu'elle me dévisageait, horrifiée.
– Tu fais *quoi* ?
– Je prends des cours avec monsieur Kord, répétai-je.
– Oh ! s'écria-t-elle, avant de se tourner et de partir en courant vers la porte.
– Hé, Kim !... Kim ! Qu'est-ce qui se passe ?
Mais elle avait déjà disparu.

8

– Des mains parfaites ! Vraiment parfaites, déclara monsieur Kord.
– Merci, répondis-je, un peu gêné.
J'étais assis sur le banc, penché sur le piano, les mains posées sur le clavier. Monsieur Kord se tenait à côté, ses yeux ne quittant pas mes doigts.
– Rejoue ce morceau, m'ordonna-t-il.
Son sourire s'effaça derrière sa moustache blanche et son visage devint plus sérieux.
– Joue-le correctement. Lentement et en t'appliquant. Concentre-toi sur tes doigts. Chaque doigt est vivant. Rappelle-toi : *vivant* !
– Mes doigts sont vivants ! répétai-je en les regardant avec attention.
« Quelle drôle d'idée ! » pensai-je.
Je commençai à jouer en me concentrant sur la partition. C'était une mélodie toute simple de Bach que je trouvais très jolie.

– Les doigts, les doigts ! cria monsieur Kord en penchant son visage tout près du mien. Rappelle-toi que tes doigts sont vivants !
« Qu'est-ce qu'il a ce type à me parler de mes doigts ? » me demandai-je.
Je finis le morceau et tournai les yeux. Son visage était crispé.
– C'est bien, Jérôme, dit-il doucement. Maintenant, essaie un peu plus vite.
– J'ai raté la partie du milieu, avouai-je à voix basse.
– C'est parce que tu as perdu ta concentration, expliqua-t-il.
Il disposa mes doigts sur les touches.
– Allez, ordonna-t-il. Recommence ! Et pense à tes doigts !
Je pris une profonde inspiration et me lançai. Cette fois-ci, je ne fis qu'une faute.
Je me demandai si mes parents pouvaient m'entendre. Puis je me rappelai qu'ils étaient partis faire des courses.
Monsieur Kord et moi étions seuls dans la maison. Il hocha la tête, l'air satisfait.
– Pas mal du tout ! Encore plus vite !
– On pourrait peut-être essayer un autre morceau ? osai-je proposer. Celui-là commence à devenir un peu ennuyeux.
– Encore plus vite, répliqua-t-il en m'ignorant. Et tes mains, Jérôme ! N'oublie pas qu'elles sont vivantes ! Laisse-les respirer !
Respirer ?

Je regardai mes mains m'attendant presque à ce qu'elles me parlent !
– Dépêche-toi ! m'ordonna monsieur Kord d'un ton sévère.
En soupirant, je me remis à jouer.
– Plus vite ! cria le professeur. Plus vite !
J'accélérai. Mes doigts couraient sur le clavier. Je tentai de me concentrer sur les notes, mais j'avais du mal à suivre le rythme.
– C'est ça ! cria monsieur Kord, tout excité. Encore plus vite !
Mes mains se déplaçaient tellement vite qu'elles me faisaient mal.
– Plus vite ! Plus vite ! Elles vivent ! répéta mon professeur.
– Je n'en peux plus ! m'écriai-je. S'il vous plaît...
– J'ai dit, plus vite !
– Je ne peux pas !
C'était trop rapide. Je n'entendais même plus ce que je jouais.
Je voulus m'arrêter, mais mes mains refusèrent d'obéir ! Elles continuaient à jouer toutes seules !
– Arrêtez ! Arrêtez ! criai-je horrifié.
– Plus vite ! s'exclamait monsieur Kord, surexcité. Elles vivent, elles vivent !
– Nooon... S'il vous plaît, arrêtez ! suppliai-je.
Mais elles étaient devenues *réellement* vivantes et continuèrent de plus belle.
Mes doigts volaient sur les touches. Un raz-de-marée de notes emplit le salon.

– Plus vite ! Plus vite ! scandait le professeur.
Et malgré mes protestations effrayées, mes mains lui obéissaient joyeusement. Elles jouaient encore et encore.
Très vite. De plus en plus vite.

9

Dans un rythme infernal, la musique tourbillonnait autour de moi. J'avais du mal à respirer. Dans un dernier effort, je tentai d'arrêter mes mains. Rien à faire. Elles se déplaçaient comme ensorcellées sur le clavier, tapant sur les touches avec frénésie. Une douleur montait le long de mes doigts jusqu'aux poignets. Et elles jouaient toujours.

Jusqu'à ce que je me réveille. Je me redressai dans mon lit, en sueur.

Je rêvais. Ma leçon de piano n'était qu'un étrange cauchemar.

– On est vendredi soir ! me dis-je à voix haute. Seulement vendredi soir !

Ces paroles m'aidèrent à me réveiller complètement. Je frissonnai : mon corps était tellement moite que mon pyjama me collait dans le dos.

Tout à coup, je m'aperçus que la musique continuait. Un long frisson me parcourut de la tête aux pieds. Les notes montaient jusqu'à ma chambre. Ce n'était

pas celles de mon cauchemar, mais celles que j'avais déjà entendues les nuits précédentes.
Encore tremblant, je me levai et m'avançai dans le couloir.
« Ce soir, je vais résoudre le mystère ! » me promis-je en m'efforçant de calmer les battements de mon cœur.
Dominant ma peur, je descendis l'escalier en m'appuyant sur la rampe pour ne pas faire grincer les marches. La musique s'amplifiait au fur et à mesure que j'avançais.
« Rien ne va m'arrêter ce soir. Rien ! »
J'arrivai à la porte du séjour. Je la poussai.
En scrutant l'obscurité, j'avançai d'un pas, puis d'un autre. Le piano n'était plus qu'à quelques mètres de moi.
– Qui... qui est là ? chuchotai-je les poings serrés le long de mon corps.
La musique continua. Je pouvais entendre le bruit des pieds sur les pédales.
– Qui est là ? Qui est-ce qui joue ?
« Il n'y a personne ici ! réalisai-je horrifié. Le piano joue, mais tout seul ! »
Puis lentement, très lentement, comme un nuage gris se formant dans le ciel, le fantôme commença à apparaître.

10

Au début, je ne vis que des contours flous, des lignes gris pâle se formant dans l'obscurité.

Je criai. Mon cœur battait si fort que je craignais qu'il n'explose.

Les lignes grises se précisèrent et commencèrent à se remplir.

J'étais pétrifié, trop effrayé pour me sauver.

Une femme apparut. Je ne pouvais dire si elle était jeune ou vieille. Sa tête était penchée en avant, et ses yeux fermés. De longs cheveux bouclés tombaient sur ses épaules. Elle portait une chemisette et une longue jupe. Son visage, sa peau, ses cheveux... étaient gris. Tout était gris.

Elle continuait à jouer comme si je n'étais pas là. Ses lèvres esquissaient un sourire triste.

Je réalisai soudain qu'elle était plutôt jolie.

Mais c'était un fantôme... Un fantôme qui jouait du piano dans ma maison.

– Qui êtes-vous ? Qu'est-ce que vous faites ici ?

demandai-je d'une voix haut perchée qui me surprit. Elle s'arrêta de jouer et ouvrit les yeux. Elle me dévisagea, l'air impassible. J'avais l'impression d'observer quelqu'un à travers le brouillard. Dans le silence, la maison me paraissait affreusement tranquille. Je répétai dans un souffle :

– Qui... qui êtes-vous ?

Ses yeux se voilèrent de tristesse.

– C'est ma maison, dit-elle d'une voix sèche comme la mort. C'est ma maison !

Les mots chuchotés semblaient venir de loin, si bas que je n'étais pas sûr de bien les entendre.

– Je... je ne comprends pas. Qu'est-ce que vous faites ici ?

– Ma maison, reprit-elle. Mon piano.

– Mais enfin, qui êtes-vous ? insistai-je. Êtes-vous un fantôme ?

En entendant ma question, elle laissa échapper un profond soupir, et je vis soudain son visage se transformer.

Ses yeux se fermèrent et ses joues commencèrent à s'affaisser. Sa peau grise fondit puis coula comme de la pâte molle sur ses épaules avant d'atterrir sur le plancher. Ses cheveux suivirent, tombant par touffes. Un cri muet s'échappa de mes lèvres lorsque son crâne apparut.

Rien ne restait de son visage mis à part ses yeux enfoncés dans leurs orbites, qui me dévisageaient.

– Éloigne-toi de mon piano ! fit-elle d'une voix grinçante. Je te préviens : ÉLOIGNE-TOI !

Je reculai et me détournai de cette horreur. Je tentai de m'échapper, mais mes jambes ne voulurent pas m'obéir.
Je tombai. Je tremblais trop pour pouvoir me relever. Je voulus crier : « Papa ! Maman ! », mais je ne réussis à émettre qu'un faible gargouillement. Je parvins malgré tout à me remettre debout, la gorge serrée par la peur.
– C'est ma maison ! Mon piano ! Va-t'en !
– Maman ! Papa ! Au secours !
Cette fois-ci, je réussis à appeler. À mon grand soulagement, j'entendis des pas traverser le couloir.
– Jérôme ? Jérôme ? Où es-tu ? cria maman.
Je l'entendis buter contre un meuble de la salle à manger. Papa la dépassa et arriva le premier. Je le saisis aussitôt par le bras, puis lui montrai le piano du doigt.
– Papa... Regarde ! Un fantôme ! Un FANTÔME !

11

Papa alluma la lumière au moment où maman entrait dans le séjour en se tenant le genou.
Je montrai toujours du doigt la banquette du piano. Elle était vide.
– Le fantôme... Je l'ai vu, criai-je, en me tournant vers mes parents. Vous l'avez entendu ?
Mon père mit ses mains sur mes épaules tremblantes.
– Calme-toi Jérôme. Calme-toi ! Tout va bien maintenant !
– Mais vous avez vu la dame ? Elle était assise là, à jouer du piano, et sa peau tombait en lambeaux !
Je n'arrivais pas à chasser cette vision épouvantable de ma tête. C'était comme si son image était gravée sur ma rétine.
– Il n'y a personne ici, dit doucement papa. Tu vois ? Personne !
– Tu as fait un cauchemar ? demanda ma mère, inquiète.
– Non ! Ce n'était pas un cauchemar ! criai-je. Je l'ai

vue ! Elle m'a parlé ! Elle m'a dit que c'était sa maison, son piano !
– Attends, Jérôme. On va s'asseoir et en discuter calmement ! suggéra ma mère. Tu n'as pas envie d'un bon lait chaud ?
Je me mis en colère.
– Vous ne me croyez pas, n'est-ce pas ? Mais je vous jure que c'est vrai !
– Nous ne croyons pas vraiment aux fantômes, dit tranquillement papa en me conduisant jusqu'au divan.
Il s'assit à côté de moi tandis que maman s'installait sur l'accoudoir.
– Tu ne crois tout de même pas à ce genre d'histoires, mon chéri ? susurra-t-elle sur un ton qui m'exaspéra.
– Maintenant, oui ! Je l'ai vue de mes propres yeux. C'était une femme toute grise. Son visage s'est défait devant moi, j'ai vu son crâne et... et...
J'aperçus le regard qu'échangèrent mes parents. Comment pouvaient-ils douter de moi ?
– Quelqu'un m'a parlé d'un bon médecin, dit doucement maman en me prenant la main. Un gentil médecin qui parle avec les jeunes : le docteur Bilan, je crois.
– Hein ? Tu veux parler d'un psychiatre ? Tu crois que je suis fou ?
– Non, pas du tout ! se hâta de répondre ma mère. Je pense seulement que quelque chose te rend nerveux. Ça te ferait du bien d'en discuter avec quelqu'un.

– Qu'est-ce qui te rend si nerveux ? demanda papa. C'est la nouvelle maison ? Ta nouvelle école ?
– Ou alors tes leçons de piano ? continua maman tout en jetant un regard à l'instrument.
– Non. Les leçons de piano ne m'inquiètent pas, marmonnai-je. Je vous l'ai déjà dit, j'ai peur du fantôme !
– Je vais quand même prendre rendez-vous avec le docteur Bilan, dit maman fermement. Tu lui parleras de tes visions. Je suis sûre qu'il pourra expliquer tout cela mieux que nous.
– Je ne suis pas fou ! murmurai-je.
– Ce qui est certain, c'est que quelque chose te bouleverse et te donne des cauchemars, constata papa. Ce docteur pourra en trouver la raison. Bon ! Il faut que j'aille me coucher, je suis crevé ! ajouta-t-il en étirant ses bras au-dessus de sa tête.
– Moi aussi, ajouta maman. Tu penses que tu vas pouvoir dormir maintenant, Jérôme ?
– Je ne sais pas !
– Tu veux qu'on te reconduise dans ta chambre ?
– Je ne suis plus un bébé ! criai-je furieux et frustré à la fois.
J'aurais voulu hurler et hurler, jusqu'à ce qu'ils me croient.
– Eh bien, bonne nuit, fiston, dit papa. Demain, c'est samedi : tu pourras dormir un peu plus tard.
– Et si tu fais encore des cauchemars, réveille-nous ! proposa maman.
Papa éteignit la lumière et ils s'en retournèrent dans

leur chambre pendant que je me dirigeais vers l'escalier. J'étais si en colère que j'avais envie de frapper, de casser quelque chose.
Mais au fur et à mesure que je gravissais les marches dans l'obscurité, ma colère se transforma en peur.
Le fantôme avait disparu du salon...
Et s'il m'attendait dans ma chambre ?
Que ferais-je si je découvrais l'affreux crâne gris aux yeux globuleux installé sur mon lit ?
Le plancher gémit tandis que je traversais le couloir.
J'eus soudain très froid. Ma bouche était sèche et j'avais du mal à respirer.
Elle était là : je le sentais. Elle m'attendait.
Si je me mettais à crier, si j'appelais à l'aide, papa et maman penseraient encore que je devenais fou.
Que me voulait ce fantôme ? Pourquoi cherchait-il à me faire peur ? Pourquoi voulait-il que je m'en aille ?
Toutes ces questions se bousculaient dans ma tête sans que je puisse trouver de réponse.
J'étais trop fatigué, trop effrayé pour penser clairement.
Le souffle court, j'hésitai à entrer dans ma chambre.
Puis, prenant mon courage à deux mains, je franchis le seuil.
Et comme j'avançais dans le noir, le fantôme se dressa devant mon lit.

12

Je poussai un cri étouffé tout en reculant vers la porte. Soudain, je m'aperçus que le fantôme n'était en fait qu'un tas, formé par les couvertures qui étaient tombées au pied de mon lit pendant mon cauchemar.

Mon cœur battait toujours aussi fort lorsque je me recouchai. Je me demandai si je n'étais pas en train de craquer.

« Non ! me dis-je. Ressaisis-toi ! Tu as peur, mais tu sais que ce que tu as vu en bas était vrai ! »

Je fermai les yeux et tentai de chasser l'image du crâne de mon esprit.

Au moment où je glissai dans le sommeil, la musique reprit dans le salon.

Monsieur Kord arriva à deux heures pile pendant que mes parents rangeaient le garage. Je pris son manteau et le conduisis dans le salon.

Dehors, il faisait froid. La neige ne tarderait pas à tomber.
Monsieur Kord frotta ses deux mains potelées pour se réchauffer et me fit signe de m'installer au piano.
– Quel magnifique instrument ! fit-il en le caressant rêveusement. Tu as vraiment de la chance de l'avoir trouvé, tu sais ?
– J'espère ! répondis-je sans grande conviction.
J'avais dormi jusqu'à onze heures, ce matin-là, mais j'étais encore fatigué. Je n'arrivais pas à chasser le fantôme et ses sinistres avertissements de mes pensées.
– As-tu bien appris tes notes ? me demanda monsieur Kord en tournant les pages de mon cahier.
– Un peu.
– Alors, vas-y, montre-moi ! demanda-t-il en plaçant mes doigts sur le clavier. Tu te rappelles ? C'est la position de départ !
J'exécutai une gamme.
– Des mains parfaites, murmura-t-il en souriant. Recommence !
La leçon se déroula sans problème. Il persistait à dire que j'étais bon, alors que je ne jouais que des gammes.
Je lui demandai quand nous allions apprendre des airs de rock. Il sursauta et me répondit un peu sèchement :
– Chaque chose en son temps !
Au même moment, maman et papa arrivèrent dans le salon. Maman se frottait les bras.

– Brrr ! dit-elle à mon professeur. Il commence vraiment à faire froid. Je pense qu'il ne va pas tarder à neiger !
– Ici, il fait bon ! répondit celui-ci en lui rendant son sourire.
– Comment vont les leçons ?
– Très bien. Jérôme est un élève prometteur. J'aimerais bien qu'il commence à prendre des cours dans mon école.
– Formidable ! s'exclama maman. Vous pensez qu'il a du talent ?
– Il a des mains parfaites !
Quelque chose dans sa façon de prononcer cette phrase me donna le frisson. Je demandai :
– On apprend le rock dans votre école ?
– Nous enseignons toutes sortes de musiques. L'école est grande et nous avons plusieurs excellents professeurs. Est-ce que vendredi après l'école vous conviendrait ?
– Ce sera parfait ! approuva maman.
Monsieur Kord traversa la pièce et lui tendit une carte de visite.
– Voici l'adresse, 10 rue Ganoir, mais c'est à l'autre bout de la ville.
– Pas de problème ! le rassura maman. Je finis tôt le vendredi ; je pourrai l'y emmener en voiture.
– Parfait ! Ce sera tout pour aujourd'hui, Jérôme. Répète tes nouvelles gammes et je te verrai vendredi.
Il suivit maman dans le couloir et je les entendis discuter à voix basse, sans saisir leur propos.

Je me levai et me dirigeai vers la fenêtre. Dehors, de gros flocons commençaient à tomber. Je regardai la neige s'accumuler dans le jardin, tout en me demandant s'il y avait des pentes où je pourrais faire de la luge, dans cette ville.

Soudain, je poussai un cri en entendant le piano qui se mettait à jouer. Fort, de façon discordante. Comme si quelqu'un martelait le clavier de ses poings.

Blang ! Blang ! Blang !

– Jérôme ! Arrête ! me cria ma mère du couloir.

– Mais... mais ce n'est pas moi !

13

Le cabinet du docteur Bilan ne ressemblait pas à ce que j'avais imaginé. Il était petit et clair : ses murs étaient peints en jaune et décorés d'images de perroquets, de toucans et d'autres oiseaux colorés. Il n'y avait pas de divan en cuir comme on en voit à la télé. Il n'y avait même pas de bureau, juste deux fauteuils verts à l'allure confortable.

Je m'assis dans l'un et le médecin prit l'autre. Il était moins âgé que je ne l'avais cru. Il avait l'air plus jeune que papa. Ses cheveux roux étaient gominés et son visage parsemé de taches de son.

Il n'avait pas du tout l'air d'un psychiatre.

– Parle-moi de ta nouvelle maison, me dit-il, les yeux baissés sur le calepin qui reposait sur ses genoux.

– Ben, c'est une grande et vieille maison, c'est tout !

Il me demanda ensuite de décrire ma chambre, ce que je fis. Puis il s'intéressa à mon ancienne maison et à la chambre que j'y occupais. Après cela la

conversation tourna autour de mes anciens amis et de ma nouvelle école.
Au début, je me sentis un peu nerveux, puis je me détendis. Il écoutait attentivement tout ce que je disais, sans me regarder comme si j'étais fou, même lorsque j'évoquai le fantôme. Il commença à griffonner quelques notes lorsque je lui parlai du piano qui jouait en pleine nuit, mais s'arrêta d'écrire lorsque je lui racontai comment était le fantôme et comment il m'avait crié de m'éloigner.
– Mes parents ne m'ont pas cru, grommelai-je en caressant les bras du fauteuil.
– Avoue que c'est une histoire très étrange, répliqua le docteur. Si tu étais à leur place et que ton enfant te racontait cette histoire, est-ce que tu le croirais ?
– Bien sûr ! m'écriai-je. Si c'était vrai.
Il mordilla la gomme de son crayon et me dévisagea.
– Vous pensez que je suis fou ? demandai-je.
Il ne sourit pas à ma question.
– Non, je ne crois pas que tu sois fou, Jérôme. Mais l'esprit humain réagit parfois bizarrement.
Puis il m'expliqua comment dans certains cas des gens ont peur de quelque chose, sans vouloir l'admettre. Leur subconscient a alors recours à toutes sortes d'illusions pour faire sortir cette peur, même s'ils continuent à essayer de l'oublier.
Bref, il ne me croyait pas non plus.
– Se retrouver dans une nouvelle maison est une situation stressante, poursuivit-il. Il est possible que l'on se mette à voir des choses, à en entendre

d'autres... tout cela simplement pour cacher notre peur.

– Je n'ai pas imaginé la musique du piano ! Je peux même vous fredonner l'air ! Et je n'ai pas imaginé le fantôme non plus !

– On en reparlera la semaine prochaine, dit-il en se levant. Notre temps est écoulé. Mais en attendant, je peux t'assurer que tu n'es pas fou, Jérôme. Tu ne dois pas penser ça.

Il ouvrit la porte et ajouta :

– Tu verras : tu seras étonné de découvrir ce que cache ton fantôme, en réalité.

Je murmurai un remerciement et quittai son bureau.

Je traversai la salle d'attente déserte puis empruntai le couloir.

C'est alors que je sentis l'étreinte glacée du fantôme me serrer le cou.

14

Un froid surnaturel traversa mon corps tout entier. Poussant un cri terrifié, je me retournai pour me dégager.

– Maman !

– Excuse-moi, mes mains sont gelées, dit-elle calmement sans se rendre compte de la peur qu'elle venait de me faire. Il gèle, dehors. Tu ne m'as pas entendu t'appeler ?

– Non, je... je pensais à autre chose.

– Je ne voulais pas te faire peur, ajouta-t-elle en se dirigeant vers le parking.

Elle chercha ses clés dans son sac.

– Alors, vous avez eu une bonne discussion ?

– On peut voir ça comme ça, répondis-je.

« Ce fantôme m'obsède, pensai-je. Je commence à le voir partout. Il faut absolument que je me calme, que je l'oublie. Mais comment ? »

Le vendredi après l'école, maman me conduisit à

l'école de musique du professeur Kord. C'était une journée froide et grise. Il avait neigé la veille et les rues étaient encore verglacées.
– J'espère qu'on ne sera pas en retard, soupira maman. Je ne peux pas conduire trop vite par un temps pareil.
La circulation était très ralentie : on avançait à une allure d'escargot.
– Cette école est pratiquement dans la ville voisine ! remarqua maman en freinant par à-coups à la vue d'un feu rouge. Je me demande pourquoi monsieur Kord s'est installé si loin ?
– Je ne sais pas, répondis-je distraitement. Tu penses que ce sera lui mon professeur ou bien j'aurai quelqu'un d'autre ?
Maman haussa les épaules tout en se penchant sur le volant pour mieux voir à travers le pare-brise embué. Finalement, nous tournâmes dans la rue Ganoir. Il n'y avait que de vieilles maisons sombres en lisière de forêt où les arbres dénudés ployaient sous la neige.
Tout au bout se dressait une bâtisse en brique à demi cachée derrière de grandes haies.
– Ce doit être l'école, fit maman en s'y dirigeant. Il n'y a pas d'enseigne, mais c'est le seul édifice dans le coin.
Notre voiture emprunta une allée de gravier et le bâtiment nous apparut. Ses murs étaient sombres. Il y avait des barreaux à toutes les fenêtres : on aurait dit une prison plutôt qu'une école.

– Tu es sûre que c'est ici ? demandai-je, consterné.
– Je pense, oui ! répondit-elle en se mordant les lèvres.
– Ça me file la chair de poule, grognai-je.
Elle baissa la vitre et des notes de musique parvinrent à nos oreilles. Des gammes, des mélodies, toutes mélangées.
– Tu vois ? déclara-t-elle joyeusement. Allez, vas-y. Tu es en retard. Je reviendrai te chercher dans une heure.
J'ouvris la portière et sortis dans l'allée. La neige crissait sous mes bottes tandis que je courais vers l'école. La musique s'amplifiait. Tous ces airs mélangés provoquaient une assourdissante cacophonie. J'examinai le sinistre bâtiment.
« On dirait une maison hantée ! » pensai-je en frissonnant.
Une sourde angoisse s'empara de moi.
« Arrête de te faire des idées ! » m'ordonnai-je.
Chassant ces pensées de mon esprit, je tournai la poignée recouverte de givre et poussai la lourde porte. Elle grinça en s'ouvrant lentement.
Je pris une profonde inspiration et pénétrai dans l'école.

15

Un long couloir sombre s'étendait devant moi. Après la blancheur éclatante de la neige, mes yeux eurent besoin d'un bon moment pour s'habituer à la pénombre.

Les notes semblaient jaillir des murs et se répercutaient dans toutes les directions.

« Où peut être le bureau de monsieur Kord ? » me demandai-je.

Je longeai le couloir. De part et d'autre, des portes avec de petites fenêtres rondes s'alignaient. Tout en avançant, je jetai un coup d'œil à travers elles et aperçus dans chaque pièce un professeur souriant qui remuait la tête au rythme de la musique. Celle-ci devenait assourdissante, comme si une mer déchaînée rugissait entre les murs. Monsieur Kord devait avoir un tas d'élèves : il y avait au moins une centaine de pianos qui jouaient en même temps.

J'empruntai un autre couloir, puis un autre encore. Je m'aperçus bientôt que j'étais complètement désorienté : j'aurais eu de la peine à retrouver mon chemin si je l'avais voulu.

– Monsieur Kord, où êtes-vous ? marmonnai-je.

Je commençais à être inquiet.

Et si ces couloirs se prolongeaient à l'infini ? Je m'imaginai errant jusqu'à la fin de mes jours, incapable de retrouver la sortie, et rendu sourd à cause de ce tapage.

« Jérôme, arrête de te faire peur ! »

Quelque chose attira mon regard. J'examinai le plafond. Une petite caméra était accrochée au-dessus de ma tête. Elle ressemblait aux appareils de surveillance que l'on voit dans les magasins ou dans les banques. Quelqu'un me suivait-il sur ses écrans, quelque part ? Et si oui, pourquoi ne venait-il pas à mon aide, pour me diriger ?

Je commençais à en avoir assez. Qu'est-ce que c'était que cette école ? Pas d'enseigne, pas de bureau, personne pour accueillir les visiteurs...

Comme je tournais à nouveau dans un autre couloir, j'entendis soudain un étrange bruit sourd. J'écoutai. Le bruit devenait plus fort, se rapprochait. Puis, un sinistre gémissement s'éleva, dominant la musique. J'avais l'impression que le sol se mettait à trembler. Je ne savais pas ce que c'était, mais je savais une chose : ça venait dans ma direction !

Et, tandis que j'écarquillai les yeux, un monstre déboucha d'un coin et se dirigea vers moi.

Son énorme corps carré brillait comme s'il était fait en métal. Sa tête rectangulaire touchait presque le plafond. Ses yeux lançaient une lueur rouge plutôt inquiétante.

Il se rapprochait, faisant vibrer le parquet.

– Non ! criai-je de toutes mes forces.

Le monstre me répondit par son gémissement aigu, puis il baissa la tête comme s'il se préparait à m'attaquer.

Je me retournai pour m'enfuir et découvris alors monsieur Kord à quelques mètres de moi.

Il fixait la terrifiante créature, un sourire aux lèvres.

16

Je m'arrêtai en poussant un hoquet de surprise. Derrière moi, la créature avançait toujours, avec son sinistre gémissement. Et devant moi, monsieur Kord me bloquait toujours le passage, l'air amusé.
Je m'attendais à subir l'attaque du monstre, mais il s'arrêta.
Silence.
– Alors, Jérôme, dit monsieur Kord, toujours en souriant. Qu'est-ce que tu fais ici ?
Je n'osais plus me retourner. Je pointai juste mon doigt derrière mon dos en bégayant :
– Je... je...
– Tu admires notre aspirateur ?
– Votre quoi ?
– Notre aspirateur ! Il est spécial, non ?
Il me dépassa et mit sa main sur la chose.
– C'est... c'est une machine ? bafouillai-je.
Il se mit à rire.
– Tu ne pensais tout de même pas qu'il était vivant ?

J'étais encore trop effrayé pour répondre.
– C'est monsieur Toggle, notre gardien, qui l'a construit. C'est un as, il peut fabriquer n'importe quoi. Il a vraiment du génie.
– Mais... pourquoi lui a-t-il fait une tête pareille ? demandai-je en m'appuyant contre le mur. Pourquoi lui a-t-il mis ces yeux rouges ?
– Monsieur Toggle a un certain sens de l'humour, répondit-il en riant. Mais il est très efficace. C'est lui également qui a installé toutes ces caméras. C'est le roi de la mécanique. On ne pourrait rien faire sans lui. Vraiment !
Je m'avançai prudemment pour examiner l'appareil.
– Je... je ne trouvais pas votre bureau, et... et...
– Mille excuses ! coupa-t-il. Et maintenant, au travail ! Viens !
Je le suivis jusqu'à une pièce carrée, éclairée par deux tubes au néon. Il n'y avait pas de fenêtre. Le seul mobilier consistait en un piano, un banc étroit et un pupitre à musique. Monsieur Kord m'invita à m'asseoir et la leçon commença. Nous fîmes plusieurs exercices d'affilée. Il me montra de nouveaux accords et me fit répéter des gammes.
– Excellent ! déclara-t-il au bout d'une heure. Je suis très satisfait !
Je massai mes mains, essayant de faire partir une crampe.
– C'est vous qui allez être mon professeur ? lui demandai-je.
– Oui. Je t'enseignerai les notions de base. Puis,

lorsque tes mains seront prêtes, je te confierai à l'un de nos meilleurs professeurs.

« Quand mes mains seront prêtes. » Que voulait-il dire exactement par là ?

– On va maintenant essayer ce petit morceau, dit-il en feuilletant mon cahier d'exercices. Cette pièce n'a que trois notes, mais tu dois bien faire attention aux temps. Tu te rappelles combien dure une blanche ?

Je lui fis la démonstration. Puis j'exécutai le morceau. Je dois avouer que je ne m'en tirais pas trop mal.

– Merveilleux ! Merveilleux ! déclara monsieur Kord en examinant mes mains.

Il regarda sa montre et s'exclama :

– À vendredi prochain, Jérôme. Et répète bien tout ce que je t'ai montré !

Je le remerciai, assez heureux d'en avoir fini : se concentrer de la sorte était très fatigant. Je me dirigeai vers la porte et m'immobilisai.

– Heu... demandai-je. Comment je fais pour sortir ?

Monsieur Kord rangeait ses partitions et me répondit sans me regarder :

– Va sur la gauche. Tu ne peux pas te perdre !

Je le saluai et sortis dans le couloir sombre. Mes oreilles furent aussitôt assaillies par le rugissement des notes.

« Les leçons ne sont donc pas terminées ? pensai-je. Elles continuent si tard ? »

Je regardai dans les deux directions, m'assurant qu'aucun aspirateur n'était en vue, puis suivis le

couloir sur la gauche, vers l'avant de l'école.
J'apercevais encore des professeurs souriants dans chaque classe, leur tête battant toujours la mesure.
« Ces élèves sont plus avancés que moi, constatai-je. Ils ne jouent pas de simples exercices ou des gammes, mais des morceaux longs et compliqués. »
Je tournai à gauche, puis encore à gauche et constatai à nouveau assez vite que je m'étais perdu. Avais-je raté un croisement ? Les couloirs bordés de portes sombres se ressemblaient tous.
Mon cœur se mit à battre plus vite.
N'y avait-il personne d'autre que moi, ici ?
J'aperçus enfin une large porte à deux battants : la sortie devait se trouver derrière. Je m'approchai rapidement et m'apprêtais à ouvrir lorsque deux mains puissantes m'attrapèrent par le collet et une voix rauque grogna à mes oreilles :
– Non ! Ne fais pas ça !

17

Je poussai un cri.

Les mains me tirèrent en arrière, puis me lâchèrent. Je me retournai et fis face à un homme grand, maigre, mal rasé, avec de longs cheveux noirs. Il portait un T-shirt jaune sous une salopette en jean.

– Pas de ce côté-là, reprit-il plus doucement. Si tu cherches la sortie, c'est par ici ! ajouta-t-il en désignant un couloir sur la droite.

– Oh ! Désolé ! m'excusai-je. Vous m'avez fait peur.

– C'est moi qui suis désolé. Attends, je vais te raccompagner. Au fait, je me présente, je suis monsieur Toggle.

– Heu... moi, c'est Jérôme Hawkins. Monsieur Kord m'a parlé de vous. J'ai... j'ai vu votre aspirateur !

Monsieur Toggle sourit franchement et ses yeux s'illuminèrent.

– C'est une beauté, n'est-ce pas ? Mais j'ai d'autres créations, encore plus réussies.

– Monsieur Kord dit que vous êtes un génie de la mécanique.
– Oui, je l'ai programmé pour qu'il répète ça ! plaisanta-t-il.
Nous nous mîmes à rire ensemble.
– La prochaine fois que tu reviendras à l'école, me proposa-t-il ensuite, je te ferai voir mes autres inventions.
Nous arrivâmes devant la porte d'entrée. Jamais je n'avais été aussi content d'en trouver une !
– Il faudra que je me mette le plan de cette école dans la tête ! remarquai-je.
Il n'avait pas l'air de m'entendre. Il m'examinait avec un sourire songeur.
– Monsieur Kord m'a dit que tu avais des mains parfaites ! C'est ce nous voulons ici, Jérôme. C'est tout ce que nous voulons !
Un peu embarrassé, je le remerciai maladroitement. Que dire à quelqu'un qui trouve vos mains parfaites ?
J'ouvris la porte d'entrée et aperçus ma mère qui m'attendait dans la voiture. Je me dépêchai de la rejoindre.

Après le dîner, papa et maman demandèrent que je leur montre ce que j'avais appris. Je n'en avais pas très envie. Je n'avais vraiment retenu que cette petite mélodie à trois notes et je n'étais pas sûr de pouvoir la jouer parfaitement. Mais ils insistèrent tellement que je me mis au piano.

– Je paie tes leçons, déclara papa, je peux quand même savoir ce que l'on t'apprend !
Il s'assit avec maman sur le divan, prêt pour le « récital ».
Je soupirai :
– On n'a appris qu'un seul morceau ! Vous ne voulez pas attendre que j'en sache un peu plus ?
– Joue-le ! ordonna papa.
Je cherchais une dernière excuse :
– J'ai une crampe dans la main.
– Allez, Jérôme ! s'impatienta maman. Joue ! Après, on ne t'embêtera plus.
Résigné, j'ouvris mon cahier d'exercices. Je plaçai ensuite mes doigts sur le clavier et m'apprêtai à jouer, lorsque soudain, le piano déversa un torrent de notes discordantes. C'était comme si quelqu'un martelait le piano de ses deux poings.
– Jérôme, arrête ça ! lança maman d'une voix coupante. C'est trop fort !
– Ce n'est sûrement pas ce que l'on t'a appris ! ajouta papa.
Je replaçai mes doigts et entamai mon morceau. Mais les notes que je jouais étaient ensevelies sous une avalanche de sons épouvantables que produisait le piano. On aurait dit qu'un petit enfant s'amusait à frapper sur les touches de toutes ses forces.
– Jérôme ! Arrête ! cria ma mère en se bouchant les oreilles.
– Mais ce n'est pas moi qui fais ça ! Ce n'est pas *moi* !

18

Évidemment, ils ne me crurent pas. Bien au contraire, ils se mirent en colère et m'accusèrent de ne jamais rien prendre au sérieux. Puis ils m'envoyèrent me coucher.

J'étais soulagé de quitter le séjour et ce maudit piano. Je savais bien qui était responsable de cet horrible raffut : le fantôme.

Pourquoi ? Que cherchait-il à prouver ? Que me voulait-il ?

Je n'arrivais toujours pas à répondre à toutes ces questions.

Pas encore.

Le vendredi suivant, monsieur Toggle tint sa promesse. Il m'attendait à la porte de l'école et m'emmena à son atelier, après avoir traversé une multitude de couloirs.

La pièce était immense, remplie d'un tas de machines et d'appareils électroniques. Une énorme créature métallique à deux têtes, au moins trois fois plus grosse que l'aspirateur qui m'avait effrayé la semaine précédente, était plantée au centre. Elle était entourée d'un bric-à-brac incroyable : magnétophones, moteurs électriques, équipements vidéo, boîtes à outils, roues de bicyclette, cadre de piano sans clavier, cages d'animaux, carcasse de vieille voiture...

Un mur entier était recouvert par une espèce de tableau de commandes. Il comportait plus d'une douzaine d'écrans télé, montrant chacun une classe différente. Tout autour pullulaient une centaine de manettes, de boutons clignotants, de micros et de haut-parleurs. Un comptoir sur lequel reposaient une dizaine d'ordinateurs allumés complétait le tableau.

– Oh, là, là ! m'écriai-je, très impressionné. C'est dingue !

Monsieur Toggle sourit et expliqua :

– Oui, j'ai toujours de quoi m'occuper ! Tiens, regarde quelques-uns de mes instruments de musique.

Il se dirigea vers une rangée de grandes armoires métalliques et tira de l'une d'elles quelques objets. Puis il revint vers moi.

– Tu sais ce que c'est, ça ? me demanda-t-il en me montrant un instrument en cuivre auquel était attaché une sorte de réservoir.

– Un saxophone ?

– Oui ! Mais un saxophone très spécial. Tu vois, il est relié à ce réservoir d'air comprimé. Ce qui fait

que tu n'as pas besoin de souffler dedans. Ainsi, tu peux te concentrer entièrement sur ton doigté.
– Super ! m'exclamai-je.
– Tiens, essaie ça maintenant ! me proposa-t-il ensuite en posant un casque en cuir noir sur ma tête. Celui-ci était relié à un petit clavier par une dizaine de fils.
– Qu'est-ce que c'est ? demandai-je en le réajustant sur mes oreilles.
– Ferme les yeux !
J'obéis. Aussitôt, le clavier se mit à jouer un accord. Je bougeai mes yeux de gauche à droite, et le clavier se mit à jouer un autre accord. Je clignai d'un œil et il émit une simple note.
– Il est complètement contrôlé par le mouvement des yeux ! commenta monsieur Toggle, très fier de lui. Pas besoin des mains.
– Oh, là, là ! répétai-je.
Je ne savais pas quoi dire d'autre. Ce truc était vraiment impressionnant. Monsieur Toggle jeta un coup d'œil à sa montre et s'exclama :
– Tu vas être en retard à ton cours, Jérôme. Tu n'auras qu'à dire à monsieur Kord que c'est ma faute, d'accord ?
– D'accord, répondis-je. Et merci de m'avoir tout montré !
Il se mit à rire.
– Mais je ne t'ai pas tout montré ! Il y en a beaucoup d'autres. Tu les verras plus tard !
Je le remerciai de nouveau et fonçai vers la porte. Il

était presque quatre heures et quart : il fallait que je me dépêche.
Mais en passant devant une rangée de meubles métalliques cadenassés, je stoppai net. Une voix faible appelait :
– Au secours !
Je m'approchai du meuble et tendis l'oreille. Pas de doute, cela venait bien de l'intérieur. Et je sentis mes cheveux se hérisser, lorsque la même petite voix répéta :
– Au secours ! Aidez-moi !

19

– Monsieur Toggle... qu'est-ce que c'est ?
Il était en train de tripoter les fils du casque en cuir.
– Qu'est-ce que c'est quoi ? demanda-t-il en levant à peine la tête.
– Ce cri ! répondis-je en désignant le meuble du doigt. J'ai entendu une voix.
Il fronça les sourcils.
– Équipement endommagé ! grogna-t-il en reprenant son examen.
– Hein ? De l'équipement endommagé ?
Je n'étais pas sûr d'avoir bien compris.
– Exact ! De l'équipement endommagé ! répéta-t-il, impatient. Et maintenant, file ! On t'attend.
De nouveau, j'entendis :
– Je vous en prie... Aidez-moi !
J'hésitai. Monsieur Toggle me dévisageait, l'air excédé.
Je n'avais pas le choix. Je quittai la pièce, la plainte résonnant encore à mes oreilles.

Le lendemain après-midi, j'allai dégager l'allée de la maison, une pelle à la main. Il avait neigé toute la nuit. J'étais heureux de faire un peu d'exercice.
Lorsque j'arrivai au bout du chemin, j'aperçus Kim Li Chin qui descendait de voiture, son étui de violon à la main. Je supposai qu'elle revenait de son cours de musique.
Je l'avais croisée plusieurs fois à l'école, mais je ne lui avais pas réellement parlé depuis le jour où elle s'était enfuie.
– Hé ! l'appelai-je en agitant ma pelle. Salut !
Elle tendit son étui à sa mère et se dirigea vers moi.
– Comment ça va ? me demanda-t-elle. Super neige, hein ?
– Oui ! Tu veux en pelleter un peu ?
– Non, merci ! répondit-elle en riant.
– Tu reviens de ton cours de violon ?
– Oui. Je travaille sur un morceau de Mozart drôlement difficile.
– Tu es plus en avance que moi. J'en suis encore à faire des gammes.
Son sourire s'évanouit. Ses yeux devinrent pensifs.
Nous parlâmes un peu de l'école, puis je lui proposai de venir prendre un chocolat chaud à la maison.
– Et ton allée à dégager ? demanda-t-elle en montrant ma pelle.
– Papa serait drôlement déçu si je faisais bien mon travail ! dis-je en blaguant.

Maman nous remplit deux tasses de chocolat brûlant.

Comme de bien entendu, je m'ébouillantai la langue à la première gorgée.

Nous nous étions installés dans le salon. Kim Li s'était assise sur la banquette du piano. Elle effleurait le clavier, puis appuya sur quelques touches.

– Joli son ! remarqua-t-elle très sérieusement. Bien meilleur que celui de ma mère.

– Pourquoi t'es-tu enfuie, l'autre jour ? demandai-je abruptement.

Ça n'avait pas arrêté de me trotter dans la tête. Je *devais* connaître la réponse.

Elle baissa les yeux sur ses mains et fit comme si elle n'avait pas entendu ma question.

Obstiné, je la lui reposai :

– Pourquoi t'es-tu enfuie comme ça ?

– Je... je ne me suis pas enfuie, répondit-elle en évitant mon regard. J'étais en retard, c'est tout !

Je posai ma tasse sur la table basse.

– Je te disais que j'allais prendre des cours chez le professeur Kord, tu te rappelles ? Tu m'as alors regardé d'une drôle de façon et tu t'es sauvée.

Kim soupira. Elle serrait fort sa tasse entre ses deux mains.

– Jérôme, je préfère ne pas en parler, murmura-t-elle. C'est trop... trop effrayant.

– Effrayant ?

– Tu ne connais *pas* les histoires affreuses que l'on raconte sur cette école ?

20

Je me mis à rire sans trop savoir pourquoi. Peut-être à cause de l'expression trop sérieuse de Kim.

– Des histoires ? Quel genre d'histoires ? Je viens juste d'emménager : comment veux-tu que je les connaisse ? Allez, raconte !

– Eh bien... il paraît qu'il y a des monstres là-bas. De vrais monstres qui vivent dans le sous-sol.

– Des monstres ? m'exclamai-je riant de plus belle.

Kim fronça les sourcils.

– Je ne vois pas ce qu'il y a de drôle !

– Mais je les ai vus, tes monstres ! lui dis-je en secouant la tête.

– Tu as... quoi ?

– J'ai vu ces monstres, répétai-je. Ce ne sont que des aspirateurs bricolés.

Elle manqua de renverser son chocolat sur son sweat-shirt.

– Des aspirateurs ?

– Oui. C'est monsieur Toggle qui les construit. Il tra-

vaille à l'école. C'est un mécanicien de génie ; il peut fabriquer n'importe quoi.
– Mais...
Je la coupai :
– J'en ai croisé un le premier jour d'école. Moi aussi, j'ai cru d'abord que c'était un monstre. Il faisait un de ces bruits en fonçant sur moi ! Mais ce n'était qu'un super-aspirateur bricolé.
Kim hocha la tête, l'air pensive.
– Eh bien, je me doutais que ces histoires n'étaient pas tout à fait vraies, mais... Bah, je suppose qu'elles doivent toutes avoir une explication simple comme celle-là !
– Toutes ? Pourquoi, il y en a d'autres ?
Elle hésita un moment.
– C'est-à-dire... on raconte aussi que certains élèves ne sont jamais revenus de leur cours, qu'ils ont tout bonnement disparu !
– C'est impossible ! m'écriai-je en haussant les épaules.
Soudain, je me rappelai la petite voix qui appelait à l'aide dans l'atelier de monsieur Toggle. J'essayai de chasser ce souvenir embarrassant.
« Encore une invention de ce type ! Ce ne peut être que ça ! Il n'avait l'air ni nerveux ni coupable lorsqu'il m'a parlé d'équipement endommagé ! »
Kim retourna s'asseoir devant le piano.
– C'est curieux comment naissent les histoires effrayantes, déclara-t-elle, toujours pensive.
– Tu serais moins étonnée si tu avais vu l'école ! Elle

est vieille, sinistre : on jurerait une maison hantée ! Ça ne m'étonne pas qu'on imagine des trucs bizarres !
– Oui, probablement !
– En tout cas, si l'école n'est pas hantée, le piano, lui, l'est ! lâchai-je alors dans un souffle.
Je ne sais pas ce qui me prit de lui faire cette révélation. Je n'avais plus parlé à personne du fantôme : qui pouvait me croire ?
Kim sursauta et me dévisagea :
– Le piano est hanté ? Qu'est-ce que tu veux dire ?
– Souvent, dans la nuit, j'ai entendu quelqu'un y jouer. Une femme. Je l'ai même vue, une fois.
Kim se mit à rire.
– Tu me fais marcher !
Je secouai la tête.
– Non, non, je suis sérieux. J'ai vu cette femme. Elle jouait sans cesse le même air triste.
– Jérôme ! Arrête de blaguer !
– Je suis sérieux ! Elle m'a même parlé, et puis son visage est tombé en lambeaux. Il ne restait plus qu'un crâne qui me fixait et qui m'a crié : « Éloigne-toi ! Éloigne-toi du piano ! »
Je frissonnai. J'avais réussi à chasser cette scène de ma tête, et la voilà qui ressurgissait avec une précision incroyable. Kim me décocha un grand sourire.
– Tu es meilleur conteur d'histoires que moi ! Tu en connais d'autres aussi effrayantes ?
– Ce n'est pas une histoire ! criai-je, désespéré qu'elle ne me croie pas non plus.

Elle s'apprêtait à me répondre lorsque maman entra et nous interrompit :
– Kim, dit-elle. Ta maman vient de m'appeler. Elle voudrait que tu rentres maintenant !
– Bon, il faut que j'y aille ! soupira Kim en se levant.
Je la suivis jusqu'à la porte du séjour. Elle enfilait son manteau dans le couloir, lorsque, soudain, le piano se mit à jouer : une affreuse cacophonie.
– Tu vois ? m'écriai-je, surexcité. Tu vois ? Tu vas me croire maintenant ?

21

Nous nous retournâmes d'un bloc pour regarder le piano. Bonker courait sur le clavier, sa queue battant la mesure. Kim éclata de rire.

– Jérôme, tu es idiot ! J'ai vraiment failli te croire !

– Mais... mais...

Ce stupide chat m'avait encore fait passer pour un plaisantin.

– On se reverra à l'école, me lança Kim. J'adore tes histoires de fantômes !

– D'accord. Merci ! marmonnai-je.

Puis, j'allai chasser rageusement Bonker du salon.

Cette nuit-là, tard, j'entendis de nouveau le piano jouer.

Je me dressai dans mon lit. Les ombres sur les murs semblaient bouger au rythme de la musique.

Cette fois-ci, j'étais sûr que ce n'était pas Bonker qui se promenait sur le clavier : c'était le fantôme qui jouait.

Je me levai, mais hésitais à sortir de ma chambre. Devais-je descendre ? Le fantôme allait-il encore disparaître ou me faudrait-il l'affronter ?
Je n'avais aucune envie de revoir ce crâne grimaçant, mais je ne pouvais pas non plus rester là. Je ne pouvais pas faire comme s'il n'existait pas. Je devais tirer les choses au clair.
« Peut-être que maman et papa l'entendront cette fois ? pensai-je. Ils finiront bien par me croire ! »
Tandis que je descendais l'escalier, je revoyais Kim en train de rire de mon histoire. Elle croyait que je faisais l'intéressant ; dommage qu'elle ne soit pas là !
Je traversai le salon, puis la salle à manger.
La musique flottait dans les airs, très, très douce et mélancolique.
« Une vraie musique de fantôme ! »
J'hésitai un instant devant la porte du séjour.
Le spectre allait-il disparaître en me voyant ? Ou m'attendait-il ?
Je pris une grande inspiration et entrai.

22

Sa tête était penchée en avant et ses cheveux cachaient son visage. Je ne pouvais pas voir ses yeux.
La musique semblait s'enrouler autour de moi et m'attirait, me poussait à avancer malgré ma peur.
Un pas. Puis encore un autre pas.
Je réalisai tout à coup que j'avais bloqué ma respiration. Mon souffle s'échappa en un long soupir bruyant.
L'apparition s'arrêta de jouer. Comme si elle m'avait entendu.
Elle leva la tête et ses yeux pâles me fixèrent à travers ses cheveux gris.
Je ne bougeais plus. Je ne faisais plus un bruit.
– Les histoires sont vraies ! chuchota-t-elle d'une voix qui semblait venir de très loin.
Je n'étais pas certain d'avoir bien compris. Je tentai de dire quelque chose, mais ma voix s'étrangla dans ma gorge.
– Les histoires sont vraies ! répéta-t-elle.

Sa voix n'était rien d'autre qu'un courant d'air.
– Mais quelles histoires ? parvins-je finalement à prononcer.
– Les histoires de l'école, répondit-elle.
Elle commença à se tourner vers moi en gémissant :
– Elles sont toutes vraies ! *Toutes vraies !*
Horrifié, je ne pouvais détacher mon regard de ses bras qu'elle tendait en avant.
Ils se terminaient par des moignons.
Elle n'avait pas de mains.

23

Tout ce dont je me souvins ensuite, c'est que je me retrouvai dans les bras de ma mère.

– Calme-toi, Jérôme, calme-toi ! Tout va bien, tout va bien ! ne cessait-elle de répéter.

– Hein ? Maman ?

Je tentai de reprendre mon souffle. Ma poitrine se soulevait et se creusait brutalement. J'avais les jambes en coton.

– Maman ? Où ?... Comment ?...

À quelques pas, mon père, les bras croisés sur sa robe de chambre, me regardait d'un air soucieux.

– Bon sang, Jérôme, tu hurlais assez fort pour réveiller toute la ville !

Je le dévisageai, abasourdi. Je n'avais pas réalisé que j'avais crié.

– C'est bon maintenant, reprit maman doucement, tu te sens mieux, n'est-ce pas ?

« Je me sens mieux ? »

Je revoyais encore le fantôme se tourner vers moi. Je

le revoyais encore me tendre ses bras. Je revoyais encore ses affreux moignons. Toutes ces images tournaient dans ma tête comme un manège infernal. Et je l'entendais encore chuchoter : « Toutes ces histoires sont vraies ! »

Pourquoi n'avait-elle plus de mains ? Pourquoi ?

Et comment pouvait-elle jouer du piano ainsi ?

Pourquoi hantait-elle le piano ? Pourquoi cherchait-elle à me terroriser ?

Les questions se bousculaient dans ma tête. J'avais envie de hurler.

– Ta mère et moi dormions à poings fermés lorsque tu nous as réveillés. Tu nous as fait peur ! Je n'ai jamais entendu de cris pareils !

Je ne me rappelais rien. J'étais trop terrifié. Je suppose que mon esprit avait complètement « disjoncté ».

– Je vais te faire du chocolat chaud, me dit ma mère en me relâchant doucement. Essaie de ne plus trembler.

– Je... j'essaie...

J'entendis papa lui murmurer à l'oreille :

– Je parie que c'était encore un cauchemar ! Il devait être costaud, celui-là !

– Ce n'était pas un cauchemar ! protestai-je avec véhémence.

– Ah ! Excuse-moi ! fit papa qui ne voulait pas que je recommence à m'énerver.

Trop tard. Avant que je m'en rende compte, je recommençai à crier :

– Je ne veux plus jouer de ce piano ! Sortez-le ! Sortez-le d'ici !
– Jérôme, s'il te plaît..., reprit maman, le visage crispé par l'inquiétude.
Mais je ne pouvais pas me taire.
– Je ne veux plus jamais jouer ! Je ne veux plus prendre de cours ! Je ne veux plus jamais aller dans cette école ! Je ne veux plus !
– D'accord, d'accord ! s'écria papa. Personne ne t'y oblige !
– Hein ?
Je dévisageai mes parents pour voir s'ils étaient sérieux.
– Si tu ne veux plus prendre de cours, nous ne te forcerons pas ! continua maman d'une voix douce. De toute façon, nous ne t'avons inscrit que pour une heure de plus.
– Oui, approuva papa. Lorsque tu y retourneras vendredi, tu n'auras qu'à dire à monsieur Kord que c'est ta dernière leçon.
– Mais... je ne veux pas...
Maman me posa un doigt sur la bouche.
– Tu ne peux pas abandonner tes leçons sans au moins prévenir ton professeur.
– Tu n'auras qu'à le lui dire, appuya papa. Tu n'as pas à continuer, si tu n'en as plus envie. Vraiment.
Maman me souleva le menton pour plonger son regard dans mes yeux.
– Tu te sens mieux maintenant ?
Je regardai le piano, désormais muet.

– Oui... je crois que ça va, murmurai-je, incertain.

Le vendredi après l'école, un vendredi froid et gris, maman me conduisit à mon dernier cours de piano. Lorsque l'auto s'engagea dans la longue allée jusqu'à l'entrée du vieil édifice, j'hésitai :
– Est-ce que je ne pourrais pas seulement faire l'aller et retour, juste histoire de prévenir monsieur Kord que je ne reviendrai plus ? Comme ça, je rentrerai tout de suite avec toi.
Maman jeta un coup d'œil à l'horloge du tableau de bord.
– Prends cette dernière leçon, Jérôme. Elle est déjà payée, ça ne te fera aucun mal.
Je soupirai :
– Rentre au moins avec moi, ou alors tu peux m'attendre dans la voiture ?
– Je suis désolée, mais j'ai trois petites courses à faire. Je serai revenue dans moins d'une heure, je te le promets.
Résigné, j'ouvris la portière et descendis de la voiture.
– Au revoir, maman.
– Si monsieur Kord te demande pourquoi tu arrêtes les cours, dis-lui simplement que tu as trop de travail à l'école.
– D'accord ! À tout à l'heure !
Je claquai la portière et regardai la voiture s'éloigner, le cœur gros.
Puis j'entrai dans l'école. Je tentai de retrouver la

classe de monsieur Kord. Je cherchai monsieur Toggle des yeux. Pas de trace de lui. Il devait sans doute être dans son grand atelier en train d'inventer d'autres merveilles.
L'habituel grondement de notes m'entourait au fur et à mesure que je passais devant les salles. Par les petites fenêtres rondes, j'aperçus toujours les professeurs souriants qui agitaient les mains et la tête au rythme de la musique.
Une étrange idée me traversa l'esprit.
J'avais bien vu les professeurs par les fenêtres, mais je n'avais jamais vu un élève.
Aucun.
Je n'eus pas le temps d'approfondir la question, car monsieur Kord apparut sur le seuil de sa classe.
– Comment vas-tu aujourd'hui, Jérôme ? me demanda-t-il en souriant.
– Ça va ! répondis-je en entrant.
Il portait un large pantalon et des bretelles rouges sur sa chemise blanche froissée. On aurait dit qu'il ne s'était pas peigné depuis plusieurs jours. Il m'invita à m'asseoir au piano.
Je m'installai vite tout en gardant les mains sur mes genoux. Je voulais lui parler avant de commencer la leçon.
– Heu... monsieur Kord ?
Il s'approcha de moi.
– Oui, mon garçon ?
– Eh bien... je... ce sera ma dernière leçon aujourd'hui. J'ai décidé... heu... je dois abandonner.

Son sourire s'évanouit. Il agrippa mon poignet et grogna d'une voix rauque :
– Oh ! non ! Non, tu n'abandonneras pas, Jérôme !
– Quoi ? criai-je.
Il serra mon poignet encore plus fort. Il me faisait vraiment mal.
– Abandonner ? Non, pas avec ces mains !
Son visage n'était plus qu'une affreuse grimace.
– Tu ne peux pas partir, Jérôme ! J'ai trop besoin de ces magnifiques mains !

24

– Lâchez-moi ! hurlai-je.

Il ne m'écoutait pas et resserrait sa prise, les yeux menaçants.

– De si belles mains, marmonna-t-il. Si belles !

– Nooon !

Poussant un cri, je réussis à libérer mon poignet. Je sautai du banc et me mis à courir vers la porte.

– Reviens, Jérôme ! ordonnait monsieur Kord. Tu ne peux pas t'échapper !

Il se lança à ma poursuite à grandes enjambées malgré sa raideur.

J'ouvris la porte et me précipitai dans le couloir. Comme d'habitude, il était désert.

J'hésitai un moment, me demandant quelle direction choisir pour trouver la sortie, puis commençai à courir.

Je courus comme jamais je n'avais couru de ma vie. Mais à ma grande surprise, monsieur Kord ne se laissait pas distancer.

– Reviens ! répétait-il sans avoir le moins du monde l'air essoufflé. Tu ne pourras pas m'échapper !

Jetant un coup d'œil par-dessus mon épaule, je m'aperçus qu'il gagnait du terrain.

La panique m'étouffait, m'empêchait de respirer. Les jambes me faisaient mal et mon cœur semblait sur le point d'éclater.

Je bifurquai sur la gauche et empruntai un autre long couloir.

Où étais-je ? Avais-je choisi la bonne direction ? Je ne savais plus. Tous ces couloirs sombres se ressemblaient.

« Peut-être que monsieur Kord a raison ? Peut-être qu'il est impossible de sortir d'ici ! » pensai-je, le sang battant violemment à mes tempes. J'empruntai un autre couloir.

Je cherchai désespérément monsieur Toggle : lui seul pouvait me sauver ! Mais tous les couloirs étaient déserts.

– Monsieur Toggle ! Monsieur Toggle ! appelai-je. Au secours !

Ma poitrine me brûlait. Je tournai à nouveau et aperçus une porte à deux battants devant moi.

Était-ce celle qui conduisait dehors ? Je ne m'en rappelais plus. Les bras tendus en avant, je l'ouvris en gémissant.

– Non ! cria monsieur Kord derrière moi. Non, n'entre pas dans la salle de concert !

Trop tard !

Je pénétrai dans une grande pièce tout éclairée.

J'avançai encore de quelques pas puis m'arrêtai... horrifié.
La musique des pianos était assourdissante, pareille à un tonnerre sans fin. Car il y avait là des rangées entières de pianos. À côté de chacun d'entre eux se tenait un professeur souriant. Tous se ressemblaient. Et comme d'habitude, ils suivaient le rythme de la musique avec leur tête : une musique jouée par...
La musique était jouée par...
Haletant, je détaillai ces interminables rangées.
La musique était jouée par... DES MAINS !
Des mains humaines qui flottaient au-dessus des claviers.
Et il n'y avait personne au bout.
Juste des MAINS !

25

Je restai tétanisé par cette terrible vision : deux mains flottant au-dessus de chaque clavier.

À côté, les professeurs, tous chauves, souriaient imperturbablement. Ils dodelinaient de la tête comme si de rien n'était.

Des mains.

Juste des mains. Tandis que j'essayais de trouver un sens à cette incroyable scène, monsieur Kord entra en trombe derrière moi. Il tenta de m'attraper, mais je réussis à m'écarter de ses mains tendues. Il s'étala alors en poussant un grognement féroce. Son visage était rouge de colère.

Je me détournai en vitesse et me précipitai vers la porte.

Mais Kord était plus vif que je ne l'aurai cru. En un clin d'œil, il se remit sur ses pieds et bloqua la sortie.

Je voulus faire demi-tour. Trop rapidement. Je glissai et perdis l'équilibre.

Lorsque je voulus me relever, il était trop tard. Mon-

sieur Kord m'avait rejoint. Un sourire de triomphe illuminait son visage.
– Non ! criai-je en tentant de me remettre debout.
Mais il se pencha sur moi et me saisit par la cheville.
– Tu ne peux plus m'échapper, dit-il calmement.
Il n'était même pas essoufflé.
– Laissez-moi partir ! Laissez-moi partir !
Je faisais mon possible pour me dégager, mais il était incroyablement fort.
– À l'aide ! Au secours ! hurlai-je à pleins poumons.
– J'ai besoin de tes mains, répéta Kord pour la énième fois. De si belles mains !
La porte s'ouvrit brusquement.
Monsieur Toggle entra en courant, l'air confus. Ses yeux firent rapidement le tour de la salle.
– Monsieur Toggle, criai-je soulagé. Au secours, il est fou ! Aidez-moi !
Il me dévisagea quelques instants avant de répondre :
– Ne t'inquiète pas, Jérôme ! Attends !
– Tu ne pourras pas m'échapper ! menaçait monsieur Kord en me clouant au sol.
Tout en me débattant pour me libérer, je vis monsieur Toggle se précipiter vers le mur du fond. Il ouvrit une porte en métal qui cachait tout un panneau de commandes.
– Ne t'inquiète pas, répéta-t-il.
Il abaissa une manette et aussitôt monsieur Kord s'immobilisa. Sa main me relâcha immédiatement, puis il s'affaissa sur le sol, les yeux fermés et la tête inclinée. Il ne bougeait plus.

« C’est un robot ! » compris-je en un éclair.

Monsieur Toggle me rejoignit en courant.

– Ça va, Jérôme ?

Je m’aperçus alors que je tremblais de la tête aux pieds. La pièce semblait tourner autour de moi. La musique étourdissante me torturait. Je me bouchai les oreilles pour ne plus entendre ce bruit infernal.

– Faites-les taire ! criai-je.

Monsieur Toggle retourna au tableau de commandes et appuya sur un bouton cette fois.

Instantanément, la musique cessa : les mains s’immobilisèrent au-dessus de leur clavier et les professeurs se figèrent.

– Des robots ! murmurai-je estomaqué. Rien que des robots !

Monsieur Toggle revint vers moi et me redemanda comment j’allais. Je n’arrivai qu’à bredouiller :

– Monsieur Kord... c’est... c’est un robot ?

– Oui. C’est ma plus belle création, déclara-t-il en souriant.

Il lui tapota affectueusement la poitrine.

– Il a vraiment l’air vivant, n’est-ce pas ?

– Et... et tous les autres aussi ? demandai-je en regardant les professeurs paralysés devant leur piano.

– Exact ! approuva monsieur Toggle. Mais beaucoup plus primitifs. Rien à voir avec notre bon vieux Kord !

– Vous les avez tous fabriqués ?

Monsieur Toggle hocha la tête, l’air fier.

– Oui ! Chacun d’entre eux !

Je me sentais de plus en plus mal. J'avais envie de vomir.
– Merci de les avoir arrêtés, dis-je faiblement. Je suppose que monsieur Kord s'est détraqué ou quelque chose comme ça. Je... je dois y aller maintenant.
Je me dirigeai vers la porte, forçant mes jambes en coton à avancer.
– Pas tout de suite, déclara monsieur Toggle en posant une main sur mon épaule.
– Hein ?
– J'ai dit que tu ne peux pas partir maintenant. Tu vois... j'ai besoin de tes mains.
– Quoi ?
Il pointa du doigt un piano contre le mur. Un professeur s'y tenait immobile, un sourire figé sur son visage. Mais il n'y avait pas de mains flottant audessus du clavier.
– Ce sera ton piano, Jérôme ! annonça tranquillement monsieur Toggle.

26

Lentement, pas à pas, je reculai vers la porte.
– Pour... pourquoi ? bégayai-je. Pourquoi avez-vous besoin de mes mains ?
– Les mains humaines sont trop difficiles à reproduire. Trop compliquées, il y a des tas de problèmes, expliqua monsieur Toggle en s'avançant vers moi.
– Mais..., commençai-je en reculant d'un autre pas.
– En revanche, continua monsieur Toggle, je peux faire jouer des mains. De façon merveilleuse. J'ai créé des programmes informatiques pour les faire jouer mieux qu'aucun humain ne pourra jamais le faire. Mais je n'arrive pas à les fabriquer. Les élèves doivent me les fournir.
– Mais pourquoi ? *Pourquoi* faites-vous ça ?
– Pour l'amour de la belle musique, naturellement ! répliqua monsieur Toggle en s'approchant encore plus. J'*adore* la musique, Jérôme. Et la musique est si pure, si parfaite lorsqu'elle n'est pas gâchée par des fautes humaines !

Il avança encore d'un pas, puis d'un autre.
– Tu comprends, n'est-ce pas ?
Ses yeux devenaient fiévreux, comme s'il était possédé.
– Non ! criai-je. Je ne comprends pas ! Vous n'aurez pas mes mains !
Je reculai le plus doucement possible. « Si je peux atteindre cette porte, j'ai encore une chance de m'enfuir, de quitter cette école de malheur ! »
Rassemblant mes forces et tentant le tout pour le tout, je fis volte-face et m'élançai vers la porte. Je l'ouvris à toute volée et poussai un cri horrifié :
– Oooooh !
Le fantôme de ma maison se tenait devant moi.
La femme était dressée, ses pieds flottant à quelques centimètres du sol, toute en gris, mis à part ses yeux rouges comme de la braise. Sa bouche était déformée par une affreuse grimace de rage.
Elle flottait devant moi, me bloquant le passage de la porte.
« Je suis pris au piège ! me dis-je, désespéré. Coincé ! Il n'y a plus de fuite possible ! »

27

– Je t'avais averti ! gronda le fantôme, les yeux emplis de colère. Je t'avais prévenu !
– Non... s'il vous plaît..., suppliai-je en levant les bras devant mon visage pour me protéger. Laissez-moi partir !
À ma grande surprise, elle flotta en direction de monsieur Toggle.
Je réalisai soudain que c'était lui qu'elle foudroyait du regard.
Ce dernier reculait, le visage crispé par la peur.
La femme fantôme leva les bras et se mit à répéter :
– Réveillez-vous ! Réveillez-vous !
Et pendant qu'elle agitait ses bras, je vis une sorte de tourbillon se former au-dessus des pianos. Puis le tourbillon se changea en une espèce de brouillard qui recouvrit tous les instruments.
Je reculai, les yeux écarquillés, incrédule. Devant chaque piano, d'étranges silhouettes prenaient forme. Des silhouettes humaines aux bras amputés.

Des fantômes ! réalisai-je. Des fantômes de garçons, de filles, de femmes et d'hommes.
Paralysé par la peur, je les regardais se dresser et réclamer leurs mains. Ils tendirent leurs bras devant elles et firent bouger les doigts. On aurait dit qu'ils les essayaient. Ensuite, les bras tendus et leurs mains flottant devant eux, les fantômes quittèrent leur piano et se dirigèrent vers monsieur Toggle.
– Non, non ! cria celui-ci. Partez, allez-vous-en !
Il tenta de s'enfuir, mais je lui bloquai le passage.
Et les fantômes fondirent sur lui. Leurs mains le jetèrent à terre. Il tenta de se débattre, de se dégager, tout en hurlant : « Lâchez-moi ! Allez-vous-en ! » Mais les mains le tenaient fermement contre le sol, lui plongeant le nez dans la poussière.
La femme fantôme se tourna vers moi :
– Je t'avais pourtant mis en garde ! J'ai tout fait pour t'éloigner d'ici ! Avant, je vivais dans ta maison. J'ai été une des victimes de cette école. Et je ne voulais pas que tu le deviennes à ton tour.
– Je... je...
– Cours, maintenant ! ordonna-t-elle. Vite ! Éloigne-toi d'ici !
Mais je restais pétrifié, trop secoué par ce que je voyais pour bouger.
Les mains avaient soulevé monsieur Toggle. Il criait et se débattait comme un beau diable, mais il lui était impossible d'échapper à leur emprise. Les fantômes l'emportèrent hors de la salle, puis dehors. Je les suivis jusqu'à la porte d'entrée.

On aurait dit que monsieur Toggle flottait, ou plutôt se noyait dans un océan de brume.
Je vis disparaître l'étrange cortège, loin dans le bois qui entourait l'école.
Je savais qu'on ne le reverrait jamais.
Je me retournai pour remercier la femme fantôme, mais elle était partie, elle aussi.
J'étais seul, maintenant.
Le couloir, derrière moi, était plongé dans un profond silence... un silence fantomatique.

Quelques semaines plus tard, ma vie est redevenue normale. Papa a mis une annonce dans le journal et a vendu le piano à une famille qui habitait loin d'ici. Il a laissé tellement de place vide dans le salon que mes parents ont acheté une télé avec écran géant !
Je n'ai plus jamais revu la femme fantôme. Peut-être est-elle partie avec le piano ? Je ne saurais le dire.
Je me suis fait quelques bons amis et commence à m'habituer à ma nouvelle école. Je pense même sérieusement à faire partie de l'équipe de base-ball. Je ne suis pas un grand frappeur, mais je sais très bien rattraper les balles. Tout le monde dit que j'ai des mains parfaites pour ça.

FIN

EXTRAIT

Et pour avoir
encore la

Chair de poule®

lis
ces quelques pages de

LA VOITURE HANTÉE

EXTRAIT

– Les verrous ? reprit M. Douglas en plissant ses petits yeux bleus.

Je me sentis rougir ; je n'avais pas voulu qu'il m'entende. Il sortit de sa poche un trousseau de clés et expliqua :

– Je dois protéger la voiture. Le quartier n'est pas sûr et plusieurs voisins se sont fait voler la leur.

Il lui fallut un temps infini pour les ouvrir tous. Quand enfin il fit basculer la porte, mon cœur tambourinait d'excitation.

Le soleil de cette belle matinée pénétra dans le garage, illuminant la voiture. Les pare-chocs scintillèrent comme s'ils étaient d'or pur. Le coffre bombé se para de reflets argentés.

– Ouah ! lâchai-je dans un souffle.

Même vue de derrière, cette auto était absolument magnifique.

– C’est une voiture de sport, expliqua M. Douglas, mais elle a quatre vraies places.

– Nous sommes quatre dans la famille ! déclarai-je ravi.

M. Douglas remit le trousseau de clés dans sa poche.

– Comme vous voyez, elle n’a pas une égratignure. Et elle a moins de dix mille kilomètres. Je l’ai à peine conduite.

– C’est incroyable ! m’exclamai-je.

– Du calme, Mitchell, lança mon père en fronçant les sourcils.

Nous fîmes le tour du véhicule, et je ne pus m’empêcher de caresser sa carrosserie rutilante. Cette merveille était bleu métallisé, avec un intérieur en cuir blanc. Surbaissée, elle était profilée de telle manière que, même à l’arrêt, elle semblait filer comme le vent.

Elle me rappelait le dernier modèle de Corvette. Elle avait la même ligne aérodynamique, à ce détail près qu’elle possédait une banquette arrière.

Je me penchai et lâchai un cri de stupéfaction en découvrant les innombrables cadrans du tableau de bord.

– Mitchell a l’air de beaucoup l’apprécier, commenta mon père avec un petit rire.

M. Douglas ne répondit pas. Il passa un main fébrile dans ses cheveux maigres : il ne quittait pas la voiture des yeux.

EXTRAIT

Mon père sortit du garage.

– Il y a un problème avec cette voiture ? demanda-t-il au propriétaire. Pourquoi voulez-vous la vendre ?

– Un problème ? reprit M. Douglas, l'air pensif. Non, non. Aucun problème... Je n'en ai pas l'usage, c'est tout.

Il se détourna un instant, et je remarquai que sa main droite tremblait légèrement. Il la glissa aussitôt dans sa poche.

Mon père se pencha pour examiner les pneus.

– Ils sont neufs, murmura-t-il tout en caressant un enjoliveur chromé.

– Vous voulez l'essayer ? proposa M. Douglas.

– Oui ! m'écriai-je.

Mon père me lança à nouveau un regard lourd de reproches.

– Pourquoi pas ? dit-il. Si vous voulez bien nous emmener faire un tour... J'aimerais voir comment elle se comporte sur la route.

– Oh, pas moi ! s'exclama le propriétaire avec un mouvement de recul.

Sa réaction m'étonna. Pourquoi semblait-il effrayé ?

– C'est que... je ne suis pas un bon conducteur, bafouilla-t-il en se raclant la gorge. Je préfère que vous la conduisiez.

Il sortit les clés de sa poche et les tendit à mon père. Je remarquai que sa main tremblait toujours.

– Faites le tour du quartier... Je vous attends ici.

EXTRAIT

Mon père s'étonna :
– Vous ne voulez pas nous accompagner ?
M. Douglas plaça d'autorité les clés dans la main de mon père :
– Non... Je... j'ai des choses à faire. Je n'ai pas encore pris mon petit déjeuner.
– Oh, excusez-nous. Nous vous avons dérangé.
– Montez et essayez-la, insista l'homme. Je vous laisse la sortir du garage. À votre retour, nous pourrons discuter du prix. Je... je suis sûr qu'elle va vous plaire. C'est une excellente voiture.
Sur ces mots, il s'éloigna à grandes enjambées. Nous le vîmes rentrer chez lui sans plus s'occuper de nous.
– Bizarre, murmura mon père.
J'allais m'installer sur la place du passager. Les sièges en cuir étaient doux et confortables. Mon père me rejoignit et ajusta le rétroviseur.
– Pourquoi semblait-il si effrayé ? lui demandai-je.
– Va savoir ! répondit-il en haussant les épaules. On va l'essayer sans lui. Qu'est-ce qu'on risque ?
Il glissa la clé dans le contact.

EXTRAIT

La voiture répondit au quart de tour. Mon père accéléra légèrement, et le moteur se mit à rugir.
– Joli bruit, apprécia-t-il.
Empoignant le levier de la boîte automatique, il engagea la marche arrière. La voiture roula doucement hors du garage.
Je remarquai M. Douglas qui nous observait depuis sa fenêtre, immobile comme une statue.
Mon père mit le levier en position « conduite » et nous partîmes faire le tour du quartier. Il tourna à droite, accéléra, puis ralentit, appuya brusquement sur les freins pour les tester et vira d'un seul coup sur la gauche.
– Elle réagit à merveille, commenta-t-il en me décochant un sourire réjoui. Cette voiture se conduit toute seule.
– Achetons-la ! m'écriai-je.

– Hé ! Du calme ! dit mon père, amusé. On n'achète pas une voiture sur un coup de tête. Et puis, je suis sûr qu'elle est beaucoup trop chère pour nous. M. Douglas va en demander au moins trente mille dollars.
– Mais l'annonce disait...
– Ça ne veut rien dire, m'interrompit mon père. C'est une voiture de luxe, Mitchell. Tu connais les autos mieux que moi, tu dois savoir qu'elle n'est pas dans nos moyens.
– C'est vrai qu'elle est fantastique, admis-je tout en caressant le tableau de bord en ronce de noyer.
Mon père mit la radio. La musique envahit l'habitacle depuis quatre haut-parleurs. Ensuite, il testa les phares, le chauffage, la climatisation...
– Tout fonctionne à la perfection, dit-il en reprenant le chemin de Wilbourne Street. Ça m'étonne que M. Douglas veuille se séparer d'un tel bijou.
– Moi, ce qui m'étonne, c'est qu'il n'ait pas voulu nous accompagner, ajoutai-je.
Mon père s'engagea dans l'allée de graviers et arrêta le moteur.
– Demande toujours combien il la vend, le pressai-je. Ça ne coûte rien de se renseigner.
Mon père poussa un profond soupir :
– Ne te fais pas trop d'illusions, Mitchell. Jamais je n'aurai les moyens d'acheter une aussi belle voiture.
En sortant, mon père faillit heurter M. Douglas qui accourait. Ses petits yeux délavés me regardaient

fixement. Il prit un mouchoir dans sa poche pour s'éponger le front.
Je ne comprenais pas pourquoi il était en sueur ; la matinée était plutôt fraîche.
– Vous êtes de retour, commenta-t-il finalement.
« C'est bizarre, songeai-je. Il paraît soulagé de nous revoir. Il ne croyait tout de même pas que nous allions nous enfuir avec sa voiture ? »
– Elle est très belle, dit mon père en tapotant le toit rutilant.
– Vous l'aimez ? demanda M. Douglas. C'est une très bonne voiture familiale. Votre femme conduit, elle aussi ?
– Oui, répondit mon père. Je crois qu'elle…
– Moi, je pourrai conduire dans quatre ans si je prends des cours au collège ! l'interrompis-je d'une voix excitée. Mais je sais déjà comment on fait. Papa m'a laissé prendre le volant une fois, dans le désert de l'Arizona.
Je pensais que M. Douglas allait sourire à ma remarque, mais à ma grande stupéfaction, il réprima un frisson et ses yeux se remplirent de larmes.
Gêné, il détourna le visage.
– J'ai dû prendre froid, marmonna-t-il en se mouchant bruyamment.
– J'aime beaucoup cette voiture, dit mon père en se frottant les joues. Mais nous cherchons quelque chose d'un peu moins…

EXTRAIT

– Je peux vous faire un prix d'ami, trancha M. Douglas. Je veux vraiment m'en séparer.
À cet instant, il jeta un regard fielleux sur l'automobile ; l'expression de son visage m'arracha un frisson.
Mon père recula légèrement en secouant la tête :
– Je ne crois pas…
– Est-ce que cinq cents dollars, ça vous conviendrait ? insista M. Douglas.
– Cinq cents ? s'étonna mon père. En acompte ?
– Non, c'est le prix définitif. C'est une occasion, vous savez, même si elle semble neuve. Je vous la laisse pour cinq cents dollars.
– Papa, achète-la ! chuchotai-je en tirant mon père par sa manche.
J'avais envie de hurler de joie et de danser tout autour de la voiture, mais je parvins à garder mon sang-froid.
Mon père continuait à se frotter les joues comme s'il réfléchissait à cette offre, mais à la lueur qui brillait dans ses yeux je compris qu'il allait accepter.
– Vous me garantissez qu'elle n'a aucun défaut ? dit-il à la fin.
– Des défauts ? Non… Cette voiture n'a aucun défaut, répondit M. Douglas.
Mais, soudain, son regard s'assombrit et son visage devint un masque lugubre.
– Seulement, si vous l'achetez, reprit-il doucement, je vous demanderai un petit service.
– Oui ? dit mon père. De quoi s'agit-il ?

EXTRAIT

M. Douglas jeta de nouveau un coup d'œil sur la voiture :

– J'aimerais que vous m'en débarrasiez dès aujourd'hui.

Mon père et moi échangeâmes un regard étonné. « Ce type est vraiment bizarre », pensai-je. Et je savais que mon père était de mon avis.

– J'ai déjà préparé les papiers, dit M. Douglas en regardant vers sa maison. Si vous avez votre chéquier, nous pouvons conclure la vente immédiatement.

Mon père hésita une fraction de seconde. Il regarda la voiture et baissa les yeux vers moi.

– C'est d'accord, M. Douglas. Marché conclu !

– Ouais !

Je ne pouvais plus contenir ma joie et je me mis à bondir dans tous les sens.

EXTRAIT

Mon père allait se diriger vers la maison, mais M. Douglas l'arrêta :

– Je vais chercher les papiers. Attendez-moi ici.

Sur ces mots, il se précipita à l'intérieur, claquant la porte derrière lui.

– Quel hommage étrange ! commenta mon père. Pourquoi ne veut-il pas nous laisser entrer ?

– Papa ! Elle est à nous ! La voiture est à nous ! hurlai-je, au comble de l'excitation. C'est... c'est trop magnifique !

Je devrais absolument exprimer ma joie, sinon j'aurais explosé. Alors, je bondis sur la pelouse pour exécuter une double roue. À la deuxième, je m'affalai dans l'herbe en riant.

Mon père se mit à rire lui aussi :

– Je suis aussi heureux que toi, crois-le bien. Mais ne compte pas sur moi pour faire des galipettes !

Il m'aida à me relever.

– Je crois que nous avons conclu une bonne affaire, Mitchell, me dit-il, l'air réjoui. une excellente affaire...

Le soir même, à table, j'étais si excité que je me barbouillai le visage de sauce en mangeant mes spaghettis.

– Dis, papa, on va faire une longue balade en voiture apès le dîner ? demandai-je.

– Essuie-toi la bouche, gronda ma mère.

– Alors, on peut ? le pressai-je tout en m'exécutant.

– Nous nous sommes déjà promenés cet après-midi, me rappela mon père. J'ai du travail à la maison. Je sais que tu adores cete voiture, mais nous ne pouvons pas passer notre vie dedans.
– Mitchell veut habiter dans la voiture ! s'esclaffa Todd.
Il rigolait comme s'il avait sorti la blague du siècle.
– C'est peut-être vrai ! rétorquai-je. Et alors ?
– Dis-moi où tu feras pipi ? dit Todd, hilare.
Cette répartie amusa mon père. Pas ma mère…
– Todd, nous sommes à table ! gronda-t-elle.
– Alors juste un aller-retour en ville, insistai-je.
– Non, trancha ma mère d'un air sévère. Tu as des devoirs à faire, et demain il y a école.
Je replongeai le nez dans mon assiette en bougonnant.
– Nous sommes tous très excités, reprit-elle en passant le plat de pâtes à mon père, mais nous allons garder cette voiture pendant un long moment. Nous aurons de nombreuses occasions de nous promener.
– Et si j'allais m'assoir dedans ? m'écriai-je. Je m'installe juste au volant et je mets la radio. D'accord ?
– Non. les devoirs, pas la voiture.
Je n'insistai pas. Quand ma mère commence à s'exprimer en phrases aussi courtes, il vaut mieux la prendre au sérieux.
On changea de sujet, et le repas se poursuivit dans la bone humeur, mais je n'écoutais plus les conver-

sations. Mes pensées étaient accaparées par la voiture, sa peinture métallisée, ses sièges moelleux en cuir, le ronflement du moteur…

Plus tard dans la soirée, je tentai de me concentrer sur mon travail de classe. Peine perdue ! Je ne cessais d'aller à la fenêtre pour admirer le bolide. Papa l'avait garé dans l'allée et je pouvais le voir depuis ma chambre.

Le reverbère de la rue projetait un faisceau de lumière sur la carrosserie effilée, qui scintillait et se parait de teintes irréelles.

À la fin, je n'y tins plus : je devais absolument m'asseoir à l'intérieur.

Je passai la tête dans le couloir et le balayai du regard pour m'assurer que Todd ne se trouvait pas dans les parages. Le sale gosse n'aurait pas hésité à me dénoncer aux parents.

De la musique et des explosions diverses provenant de sa chambre prouvaient qu'il s'amusait à un jeu vidéo.

Je descendis à pas feutrés en rasant le mur pour éviter de faire craquer les marches. Maman était au téléphone dans la cuisine.

Je m'arrêtai en bas de l'escalier. Où était mon père ?

– Ouille !

Un cri suivi d'un juron retentit dans la pièce du fond. M'approchant, je jetai un regard. à genoux, il tentait de raccorder des fils électriques. Soudain, il y eut

EXTRAIT

une étincelle, et mon père poussa un nouveau cri en agitant furieusement sa main. Décidément, il n'était pas doué non plus en électricité.

Retenant mon souffle, je me glissai jusqu'à la porte d'entrée. Quelques secondes plus tard, j'étais dehors. Une rafale de vent glacial me fouetta le visage et s'engouffra sous mon pull. Dans le ciel, la lune pâle semblait voguer parmi de longs rubans de nuages noirs. Je réprimai un frisson, mais aller chercher un manteau était trop risqué. Je me réchaufferais à l'intérieur de la voiture.

J'avançai lentement. La carrosserie luisait doucement à la lumière des réverbères, m'invitant à approcher. Je tendis une main fébrile vers la poignée chromée de la portière du conducteur.

– Viens, chuchota une voix sourde. Je t'attends.

EXTRAIT

– Quoi ? Qui est là ? m’exclamai-je dans un râle étouffé.
Je regardai vivement tout autour de moi :
– Todd ? C’est toi ?
Non. Il n’y avait personne ; la rue aussi était déserte.
Je me précipitai de l’autre côté de la voiture. Personne ne se cachait derrière non plus.
Comme je regagnais le côté conducteur, le murmure s’éleva à nouveau :
– Vas-y. Entre…
– Il y a quelqu’un ? appelai-je.
Non. Sans doute était-ce mon imagination.
J’ouvris la portière sans difficulté. Le blanc crème des fauteuils scintilla à la lueur du plafonnier. À peine installé dedans, je refermai la portière. Je ne voulais pas que l’on remarque la lumière depuis la maison.

EXTRAIT

Je me calai confortablement dans le siège et glissai mes mains sur le volant. Puis j'actionnai le levier de la boîte automatique, le passant dans toutes les positions.

Je me penchai sur le volant, faisant semblant de conduire.

« Je suis un pilote automobile, décidai-je. C'est le dernier tour de circuit. Je remonte tous les concurrents et je passe en tête. » J'étendis ma jambe et écrasai l'accélrateur.

« Vas-y, Mitchell. Fonce ! »

Je tournai le volant, jouai avec le levier de vitesse. Un virage serré. Je le prends à la corde. Dérapage contrôlé.

« Rattrape la voiture de tête ! Contre-braque ! »

Je sors du virage en trombe. C'est la dernière ligne droite. Les tribunes apparaissent. Le juge de course rabat le drapeau en damier.

Victoire !

La foule se lève dans les gradins. Les cris et les vivats se mêlent au vacarme des moteurs. Je repars pour un tour d'honneur !

J'écrasais l'accélérateur quand le porche s'éclaira brusquement. Surpris, je sursautai et m'agrippai au volant. Ramassé sur moi-même, je contemplais, interdit, le faisceau lumineux qui inondait les marches du perron.

Qui avait allumé ? Maman ? Papa ? Il ne fallait pas

EXTRAIT

qu'ils me trouvent en train de jouer dans la voiture.
Je devais descendre au plus vite. J'appuyai sur la poignée et poussai.
La portière ne s'ouvrit pas.
J'essayai une nouvelle fois, donnant un coup d'épaule.
Rien…
« Elle doit être verrouillée », me dis-je, un peu inquiet.
Je cherchai le petit levier qui débloquait la porte.
Pas de levier.
Je passai la main sur la portière, à la recherche d'un mécanisme quelconque d'ouverture et n'en trouvai aucun.
Comment avais-je fait pour bloquer les portières ?
Se fermaient-elles automatiquement ?
J'agrippai de nouveau la poignée. Je la levai, la baissai, la tirai vers moi de toutes mes forces. Je pesai de tout mon poids contre la portière. En vain.
– Je veux sortir ! m'écriai-je avec angoisse.

Découvre vite la suite de cette histoire
dans
LA VOITURE HANTÉE
N° 23 de la série
Chair de poule

Chair de poule®

1. La malédiction de la momie
2. La nuit des pantins
3. Dangereuses photos
4. Prisonniers du miroir
6. La maison des morts
7. Baignade interdite
10. La colo de la peur
11. Le masque hanté
22. La colère de la momie
23. Le retour du masque hanté
24. L'horloge maudite
26. La fille qui criait au monstre
28. La rue maudite
30. Alerte aux chiens
32. Les fantômes de la colo
33. La menace de la forêt
36. Jeux de monstres
42. La colo de tous les dangers
45. Danger, chat méchant !
46. La bête de la cave
47. L'école hantée
49. Terrible internat
50. La peau du loup-garou
51. Le jumeau diabolique
52. Un film d'horreur
53. L'attaque des spectres
54. La fête infernale
55. L'invasion des extraterrestres, I
56. L'invasion des extraterrestres, II
57. Le manoir de la terreur
58. Cauchemars en série
59. Ne réveillez pas la momie !
60. Un loup-garou dans la maison
61. La bague maléfique
62. Retour au parc de l'Horreur
63. Concentré de cerveau
64. Sous l'œil de l'écorcheur
66. Mort de peur
67. La voiture hantée
68. La fièvre de la pleine lune
69. Kidnappés dans l'espace !
70. L'attaque aux œufs de Mars
71. Frissons en eau trouble
72. Les vacances de l'angoisse
73. La nuit des disparitions
74. Le fantôme du miroir

Impression réalisée sur CAMERON par

BRODARD & TAUPIN

GROUPE CPI

La Flèche

en décembre 2006

Imprimé en France
N° d'impression : 38950